COLEÇÃO SIGMUND

# João Bethencourt

## A Mãe que Entrou em Órbita ou
# Como Casar com um Rapaz Solteiro

Ilustrações: Jaguar



DESIDERATA

Coleção Sigmund


CONSULTOR DE HUMOR

EDITORA
Martha Mamede Batalha

COORDENAÇÃO EDITORIAL
Gustal

PRODUÇÃO EDITORIAL
Danielle Alves Freddo

ASSISTENTE DE PRODUÇÃO
Camila Bicudo

CAPA E PROJETO GRÁFICO
Odyr Bernardi

DIAGRAMAÇÃO
Jan-Felipe Beer
S. Lobo

REVISÃO
Danielle Alves Freddo
Camila Bicudo

TRATAMENTO DE IMAGEM E FECHAMENTO
Vitor Manes

EDITORA DESIDERATA
Av. N. Sra. de Copacabana, 928 / 402 – Copacabana – RJ – CEP: 22060-002
Telefax: (21) 3208-3919 www.editoradesiderata.com.br

CIP-BRASIL. CATALOGAÇÃO-NA-FONTE
SINDICATO NACIONAL DOS EDITORES DE LIVRO, RJ

---

B46m

Bethencourt, João, 1924-
A mãe que entrou em órbita ; ou, Como casar com um rapaz solteiro / João Bethencourt ; com ilustrações de Jaguar. - Rio de Janeiro : Desiderata, 2007.
il. - (Sigmund ; 6)

ISBN 978-85-99070-26-0

1. Crônica brasileira. I. Jaguar, 1924-. II. Título. III. Título: Como casar com um rapaz solteiro. IV. Série.

07-0349. CDD: 869.98
CDU: 821.134.3(81)-8

31.01.07 05.02.07 000342

# Índice

# Ao mestre com carinho*

Morreu João Bethencourt. A intrusa, a ceifadeira, a puta desonesta, a covarde repugnante levou João teatralmente, pouco antes dos fogos espocarem um ano novo.

Quando um homem morre é que se lhe fecha a figura. Somente então compreendemos quem ele realmente foi ou é. João Bethencourt, autor teatral de vasta obra, trabalhou como um mouro, gostava de trabalhar. Comediógrafo apenas comparável a Martins Pena, Artur Azevedo, Silveira Sampaio e não me lembro agora de outro nome. Atenção diretores, produtores e cineastas: haverá uma derrama de João Bethencourt na praça. São dezenas de histórias engraçadas e bem armadas que doravante poderão ser mais bem compreendidas! Não se faz mais escritores como antigamente.

De origem européia, formado em Yale, era um *gentleman*, um cavalheiro, talvez um fugitivo de alguma corte do Rei Sol. Seus ídolos declarados eram Molière e Mozart. Falava português como se fosse francês, com exagerada certeza de tudo o que dizia. A elegância no discurso, procurando a ironia e a graça. Os olhinhos agudos, como quem tem sempre uma idéia atrás. O cachimbo e o fino bigode tradicional. Pareceria arrogante se não fosse óbvia sua comovente humildade básica.

Clareza e humor: eis um binômio que define bem o Bethencourt. Conto apenas duas histórias típicas. Do ator inseguro, que depois do ensaio vem reclamar: "João, você fala com todo mundo, menos comigo". "Se eu não falo nada, querido, é porque das duas uma: ou você está tão bem que eu não preciso falar, ou tão ruim que nem adianta falar". E para aquela atriz histérica, que alega não entender a peça: "Não é para entender, minha querida, é para decorar". Resposta que me serve sempre para a vida, ela mesma.

Quando conheci João eu era um rapaz angustiado com a condição existencial. Ele foi meu primeiro professor de dramaturgia. Na verdade, me ensinou tudo o que sei sobre o assunto, tudo o que veio depois são notas ao pé da página. Foi a primeira pessoa de teatro que reconheceu meu talento de escritor. E, desde então, durante mais de 40 anos, não tive estréia sem que João comparecesse. Sempre munido da palavra incentivadora, nunca dispensando a crítica severa.

Houve um tempo da minha vida em que eu só me sentia seguro ao lado do João Bethencourt, no "Ponto de Encontro". É inacreditável que ele tenha morrido, parecia imortal. Outra observação que é preciso fazer: não era de esquerda nem de direita, era um homem bom e lúcido, e sempre muito interessado em política. Nos tempos ásperos da ditadura era o único capaz de harmonizar as diferenças e acalmar os ânimos, posto que respeitado por todos. Não é dizer pouco. João sempre foi a voz da razão, uma razão engraçada. Nunca pensei que fosse sentir tanta falta de João. Um homem não sabe quantos pais tem.

*Domingos Oliveira,*
*ator, escritor e diretor teatral*

* Texto da campanha da Rede Globo de apoio ao teatro, publicado em diversos jornais em janeiro de 2007. Além das peças, João Bethencourt escreveu dois livros. Este, de contos, e o romance *As vidas de el justiceiro*, que será publicado em breve pela Desiderata.

# Como casar com um rapaz solteiro

# Como casar com um rapaz solteiro

## I
## Prolegômenos

Casar com um rapaz solteiro é, em geral, muito mais difícil do que se imagina. As mulheres, neste ponto, são de uma ignorância que chega a espantar. Conheci uma que permaneceu noiva de um moço durante quatorze anos. Quando começava a impacientar-se e a aborrecer o noivo com indiretas, descobriu, graças à bisbilhotice de uma tia, que o rapaz estava casado com outra e tinha uma filha, além de um casal de gêmeos. A desilusão da moça foi terrível, como é fácil de imaginar, e o pai dela chamou o moço imediatamente às falas. Souberam então que ele há tempos teria desfeito o noivado e esclarecido a moça, não fosse ela uma mocinha tão simpática, tão cordata, tão compreensiva, tão boazinha.

– Sabem como é – explicou o rapaz meio vexado. – Eu venho aqui três vezes por semana; fico de mãos dadas por algumas horas; sentamos no terraço, tem aquele ventinho, aquela conversinha mole, eu dou um beijinho nela, ela dá um beijinho em mim; a futura sogra traz uma laranjada ou um doce de coco... tudo tão agradável, tão tranqüilizador, me distrai tanto dos aborrecimentos lá em casa ...

Ignoro se tal revelação acabou definitivamente com o noivado ou se a nossa heroína conseguiu – demonstrando notável grandeza de alma – sobrepor-se a mais este golpe do destino. O fato porém demonstra, de maneira inequívoca, a ignorância a que nos referimos acima: poucas jovens conhecem a verdadeira técnica de casar com um rapaz solteiro.

O que pensa e como age a moça "média" quando se defronta com este problema? A maioria acha que basta sair com o eleito algumas vezes; mostrar-se com ele em público para que outras saibam que "este já tem dono, minha filha"; apresentá-lo, devidamente, à família; e que, no resto, a prática e o hábito acabam criando, depois de algum tempo (que varia de seis meses a trinta anos), um sentido de compromisso ao qual nenhum homem de probidade e caráter poderá furtar-se. Resumindo: não há necessidade, propriamente, de enredar um homem – julga a moça média. Basta apenas segurá-lo, que ele acaba se enredando sozinho.

Ora, a verdade é muito diferente disto, como demonstram tantos e tão melancólicos exemplos. Basta examinar com certo cuidado as reflexões que o rapaz solteiro formula a respeito do matrimônio, naqueles momentos de recolhimento em que faz a barba, escova os dentes ou está sentado no banquinho do banheiro.

"Coitada... gosta tanto de mim. Dia que não apareço ela fica emburrada; dia que não apareço nem telefono, ela cai doente de cama; se dou o sumiço por uns três dias, encontro-a à beira de um colapso nervoso. Essa mulher gosta de mim no duro, merece mesmo que eu me case com ela. Afinal de contas, ela já empatou seis anos neste namoro (seis ou sete?), anda pela casa dos vinte e sete ou vinte e oito, que diabo, todo mundo se casa, por que não caso também?" (Continua a se escanhoar e a resmungar para os seus botões).

"E depois, o casamento tem compensações que não podem ser ignoradas. Com quem brigo agora, se não passam minhas camisas? Com a lavadeira. Com quem estouro, se não encontro meus chinelos? Com a arrumadeira. De quem reclamo da comida? Da dona da pensão. Ora, tem graça isso? Não, não tem. Quem casa tem com quem brigar; tem de quem exigir cuidados ('ai, mulher, meu dente'); tem desculpas a apresentar ('gostaria tanto de ir, mas minha mulher não está passando bem'); tem como tornar-se simpático ('imagine, minha mulher é tão mal-humorada...' – não há homem casado que não se derreta de compreensão e solidariedade ouvindo estas palavras); etc., etc.".

Vemos, assim, que a mulher leva uma desvantagem inicial muito grande. E não tomando cuidado, o handicap permanecerá a vida toda. Se a moça quer casar com o seu eleito, tem de tomar providências – e urgentes. Por ele, o casamento só sai à traição. Contudo, nenhuma medida deverá ser posta em execução sem um conhecimento profundo e prévio da psicologia do rapaz solteiro.

## II
## A psicologia do solteiro

O que é que o solteiro mais teme no casamento? O próprio casamento, evidentemente. Casando-se, deixa de ser solteiro. Isso é tão inevitável quanto a lei do inquilinato. E deixando de ser solteiro, ele perde para sempre aqueles doces privilégios de liberdade, de independência, de "não dar satisfações a ninguém", que são, confessemos logo, o néctar e a ambrosia do celibato.

Portanto, que técnica deve empregar a mulher para transformar o casamento numa operação absolutamente indolor? Simples. Não dar a perceber ao noivo que ele já se casou. E isto é muito mais fácil do que parece. Basta não exigir dele horários, prestação de contas, declarações de amor de cinco em cinco minutos ("Ainda me amas?" "Amo-te". "Dize a verdade". "Amo-te". "Continuas me amando?" "Amo-te". "É mesmo?" "Amo-te". "Tanto quanto antes do casamento?" "Amo-te". "Sempre?" "Amo-te". Etc. ) e outros que tais.

É preciso que a mulher casada compreenda o seguinte: para o homem, o matrimônio, na melhor das hipóteses, equivale a um choque, a um abalo, assim como quem cai de um quinto andar. Eventualmente, passados uns vinte anos, ele se restabelece um pouco; mas até lá, deve ser tratado como alguém que acaba de receber uma notícia muito desagradável.

Ah, se as mulheres soubessem o mal que fazem quando se exibem como proprietárias de seus maridos! Por certo se absteriam de certas práticas como, por exemplo, a de trazê-lo constantemente amarrado a uma coleira, obrigá-lo a comer sempre no mesmo horário e sempre do mesmo alguidar, expô-lo a pequenas platéias de amigas e vizinhas, dizendo: "Olhem só o homem que eu arranjei; não é grande?"

De todos os usos, porém, o mais vexaminoso é o do ciúme, que rebaixa a mulher a ponto de torná-la revistadora de bolsos e pastas, abridora de cartas (até mesmo cartas de amor), inventora de sinistros expedientes capazes de transformá-la numa verdadeira megera que, por qualquer coisinha – basta que o marido chegue em casa com quarenta e duas manchas de batom na camisa – arma um escândalo pavoroso.

Convenhamos que o homem nasceu para interessar à mulher. O homem, freqüentemente, chega a despertar na mulher interesse maior que uma liquidação da Casa Canadá ou uma nova receita de pato ao tucupi. Portanto, é preciso que a mulher tenha certa tolerância com um instinto tão simpático e deposite alguma confiança em quem, por falta de melhor, aceitou como esposo. Sem confiança não se abre nem uma loja de sapatos, quanto mais um casamento. E a verdade é a seguinte: se há alguém debaixo do sol que merece a mais absoluta confiança da mulher, este alguém é, sem dúvida, o homem.

Podem crer as serenas representantes do sexo às vezes belo: nenhum rapaz solteiro, depois de casado , infligirá, deliberadamente, sofrimentos à moça que o agarrou. Pelo contrário, empenhará tudo para poupar-lhe o mínimo desgosto que seja. Pode-se então imaginar, em sã consciência, um marido chegando em casa e proclamando aos quatro ventos:

– Fulana, acabo de iniciar um caso com a minha secretária.

Ou:

– Beltrana, se lembra da minha primeira ex-noiva? Pois é, recomeçamos hoje.

É possível?

Claro que não.

Ninguém faria uma coisa dessas, muito menos um homem casado. Preferirá mil vezes o sacrifício dos encontros clandestinos, a despesa extra de um pequeno apartamento sala-quarto conjugados, a humilhação de gorjetas inevitáveis a sórdidos intermediários, o sofrimento terrível de ter de mentir, etc. A dura realidade é a seguinte: se, vez por outra, alguma esposa enganada descobre o seu engano, pode ter certeza: a culpa, em absoluto, não cabe ao marido.

## III
## Os homens preferem o casamento

Não jogue no lixo a felicidade do seu lar, minha senhora. Saiba que o homem solteiro, uma vez que se casou, dá nítida preferência ao lar, principalmente se está com sono, fome ou vontade de ralhar com os filhos. Ele só se afastará de sua casa, da casa de seus entes queridos, se a mulher tornar-lhe o ambiente decididamente insuportável.

Há várias maneiras de tornar insuportável o ambiente para um homem. Enumeremos algumas:

a) A mulher fala constantemente, de preferência sobre babás, empregadas ou soluções que amigas ou conhecidas deram a problemas domésticos. Deve-se ter o cuidado de impedir que o marido possa abrir a boca, mesmo que seja para dizer: "Chega, pelo amor de Deus!"

b) A mulher deve arrumar constantemente os objetos de uso pessoal do marido, não apenas roupas, mas também discos, livros, raquetes, luvas de boxe, revólveres, pés de cabra, algemas, etc. (Nota: A arrumação feminina não tem nada a ver com a masculina. Homem que teve coisas suas arrumadas por mulher, até hoje anda à cata delas. Delas, digo, coisas).

c) A mulher deve pendurar suas peças de roupa íntima em vários cantos (sempre diferentes) da casa. Usar, com freqüência, a sala de estar ou de jantar, a poltrona predileta do marido. Às vezes suas gavetas. De grande efeito será enfiar uma de suas meias no sapato do marido, quando ele estiver dormindo.

d) A mulher deve, dia sim dia não, mudar de penteado ou de cor de cabelo, adquirir um vestido ou um novo quimono, plantar-se diante do marido, quando ele volta extenuado do trabalho, perguntando-lhe: "Reparas alguma coisa de novo em mim, querido?" Ele, naturalmente, não repara. Ao que a mulher deve responder, caindo, ato contínuo, num choro convulsivo que durará nunca menos de cinqüenta minutos.

e) Jamais, em tempo algum, a mulher mostrará ao marido que ele é um sujeito formidável, que é o tipo mais bonito, mais inteligente, mais bem sucedido do mundo. De preferência, referir-se-á ao sucesso de outros homens, perguntando com um ar nostálgico: "Quanto é que você disse, querido, que ganhava aquele seu amigo Presidente da Standard Oil?"

Ainda assim, o homem, não raro, se mostra sedentário e fiel, como é de natureza. E mesmo com o acúmulo simultâneo de todos estes itens, continuará a viver no lar, afastando-se apenas através de recursos simbólicos como ler o jornal durante as refeições; sair depois do jantar e só voltar pelas quatro da manhã (às vezes um pouco bêbado); convidar amigos do tempo de solteiro, preferivelmente aqueles que a esposa não vê com bons olhos, recordando com eles, em torno de múltiplas garrafas de cerveja, o tempo em que nenhum se amarrara, e o amor era livre e farto.

## IV
## Triste fim de um D. Juan

Aqui é necessário abrir um parênteses. Todo solteiro, depois que se casou, lembra seus tempos pré-matrimoniais como os de um novo D. Juan ou, pelo menos, de um Rubirosa. Cabe à mulher liquidar este delírio, que pode tornar-se grave ameaça à estabilidade da união. Porém, sempre agindo com tato e delicadeza. Aí vai uma receita que tem sido aplicada com sucesso:

Inicialmente sugere-se que as tais mil mulheres dos bons tempos passados talvez não fossem tantas assim, que das trezentas e sessenta e cinco noites que oferece o ano, uma ou duas ele certamente passou desacompanhado. Não porque não pudesse ter alguém (com aquela lista de nomes enchendo cinco caderninhos), mas porque até ele, de vez em quando, estaria exposto ao tédio, ao cansaço ou à gripe.

Depois, numa segunda fase, far-se-á ver ao ex-solteiro que, das duzentas e vinte e três admiradoras (note-se a sutil redução de quantidade), nem todas, talvez, tenham tido um corpo absolutamente deslumbrante, um rosto invariavelmente divino; e que nem todas, talvez, fossem esmagadoramente devotadas a ele, só a ele. Daí, para concluir que algumas das oitenta e quatro possuíam, ao mesmo tempo, outros namorados, é só um passo. Ao final de alguns meses, o passado do nosso herói estará encolhido para apenas dois ou três "casos" sem importância, um deles com uma senhora surda e muda, já avançada em idade, e outro com uma mulher muito gorda que tinha um defeito em ambas as pernas. E logo desponta a conclusão definitiva, finalidade desta longa campanha: o passo mais inteligente que nosso amigo deu, em toda a sua vida amorosa, foi o de casar-se com aquela criatura lindíssima, boníssima, fabulosíssima, incomparável em todos os sentidos, que é a sua esposa do momento e de sempre, junto da qual a imagem mesmo de uma Bardot, de uma Loren, de uma Mangano, desfaz-se como a bebedeira sob ação de um sono prolongado.

## V
## A idade ideal

Fundamental, para que o homem possa integrar-se na vida de casado, é casá-lo cedo. E isto – conforme já vimos – cabe à mulher. O homem está aí mesmo, à espera de que o peguem. Enquanto não, vai deitando raízes no fértil chão do celibato como um bambu; e se a mulher demora muito, ai dela, não o arranca mais nem a enxadão.

Estatísticas recentes provam que as pessoas solteiras que chegaram aos setenta anos, sem experimentar sequer uma vez o estado matrimonial, não o experimentarão jamais. Isto não quer dizer que não haja exceções à regra. Ripley fala com entusiasmo (*Believe it or not*, *Time Magazine*, 8 de agosto de 1797, volume XXIII, página 1.111) de um casal de Palo Alto, Califórnia, ele, Thomas Pemberton, noventa e sete anos, solteirão bem conservado, ela, Virgínia O' Leary, quatro anos menos. Casando nesta provecta idade – para intenso contentamento de seus pais – viveram felicíssimos por mais de vinte e cinco anos. E, como já eram velhinhos, tiveram logo netos e não filhos, o que lhes economizou tempo, dinheiro e aborrecimentos.

Isso, naturalmente, é a exceção e não a regra, que por isso está confirmada. O casal que começa mais cedo tem melhores oportunidades de um matrimônio e de um desquite felizes. Um homem que case, por exemplo, aos cinqüenta, já não tem tempo de vida bastante para desquitar-se.

Recordo-me de um caso noticiado pela *Tribuna Popular*, vibrante mensário de Conceição do Capim, Minas, que falava de um oficial de Marinha, reformado, que entrou com uma ação de desquite no fôro daquela pitoresca cidade serrana. Possuía, então, quarenta e oito anos e uma boa parte dos seus molares. Sua senhora, não menos animada, colhia as flores generosas da feliz casa dos quarenta e dois. Pois bem; quando concederam a separação, o dito oficial já passara para a compulsória do além, a viúva contraíra núpcias com o coletor federal e tivera tempo de iniciar contra o novo marido uma ação de anulação de casamento por motivos que a *Tribuna*, órgão conservador, se recusou a imprimir.

Se isto não prova o que nos propusemos provar, demonstra, cabalmente, que onde a justiça tarda, normalmente não chega. Aliás, aqui mesmo no Estado do Rio ocorreu um caso muito semelhante com um lavrador de Juparanã, a quem processaram por bigamia. Desposara uma mocinha do Espírito Santo, no recinto de uma delegacia policial, vindo, posteriormente, a abandoná-la, a fim de contrair núpcias com uma viúva de meia-idade, magra e muito religiosa. Quando, após vários entraves burocráticos, o processo chegou ao juiz, a viúva falecera, a mocinha fugira com um capitão da Marinha Mercante do Paraguai, e o tal lavrador, culminando sua vida de devassidão e desregramento, elegera-se representante por São João da Barra, havendo-se com grande destaque na Câmara Municipal daquela progressista localidade capixaba.

Contudo, o caso que melhor ilustra o que desejamos ilustrar, ocorreu em Paliativo dos Anjos e nele perderam a vida o delegado regional Dalmácio Menezes e o soldado Chico, crioulão enorme e muito disposto.

Voltavam os dois de jipe, depois de liquidarem uma briga entre militares e policiais na qual faleceram dezoito civis, quando depararam com dois homens puxando um burro morto no meio da estrada. Cismando com procedimento tão insólito, o delegado parou o jipe e com sua voz de autoridade indagou o que faziam.

– Puxamos este burro – respondeu um dos homens.

– Isto eu bem vejo, já que não sou cego – retrucou o delegado, um tanto picado. – Mas por que vocês puxam este burro?

– Porque ele está morto – respondeu o que parecia mais inteligente e trazia uma barba.

O delegado enfezou-se:

– Responda direito, seu isso e aquilo, senão eu ponho vocês para mofarem na cadeia.

– Senhor delegado – respondeu respeitosamente o barbicha, tirando o chapéu. – Nós puxamos, conforme disse o compadre Bento, este burro, porque ele está morto. Se ele estivesse vivo nós não puxava, nós tocava.

– É isso mesmo – confirmou seu companheiro. – A gente não precisava puxar; a gente podia tocar mesmo, que burro quando vivo anda muito cheio de ânimo como o senhor ou eu; agora, estando morto, só puxando.

No tiroteio que se seguiu quase imediatamente, morreram o delegado, o barbadinho, o burro e o soldado Chico. O outro (outro homem, digo) meteu-se numa moita de grão-de-galo, pegou um caminhão que voltava para a Bahia, e nunca mais se ouviu falar dele.

Justiça seja feita, nem todos os matrimônios têm um desfecho tão dramático, e há casos em que o marido e mulher se entendem às mil maravilhas. A própria Bíblia registra dois, e o Petit Larousse anota mais cinco, o que perfaz um total de sete casamentos bem sucedidos em dois mil anos, o que, dadas as circunstâncias, não é um recorde de desprezar-se.

Antes de terminarmos nossas considerações, desejamos desenvolver um pequeno preceito, que é de suma importância para o bom sucesso de qualquer união. Nele nós nos dirigimos mais aos maridos; todavia, é assunto que toca às esposas de perto. Sugerimos que este capítulo seja tomado em separata, sob o título de:

## VI
## Como, quando e onde se deve surrar a mulher

Há maridos que surram as esposas duas, três vêzes por semana. Somos totalmente contrários a esta prática, que revela uma mentalidade esquemática e retrógrada. Qualquer surra que se planeje dar, por menor que seja, exige do marido considerável meditação e preparo. Jamais se obedeça aos impulsos do momento: as conseqüências poderão ser desastrosas. Há que escolher com toda a cautela a hora e a extensão do corretivo. E o local. E a vizinhança.

Conheço um senhor alemão, aliás muito simpático, professor de Botânica e grande colecionador de orquídeas, que surra sua mulher, sistematicamente, à saída da missa. Ora; eis um costume em todos os sentidos reprovável. Em primeiro lugar, implica um evidente desrespeito a Deus e à religião. Depois, num local tão concorrido, o número de testemunhas contra o marido é absolutamente esmagador. Finalmente, a intervenção do "bloco do deixa-disso" é inevitável, o que obsta a que a surra seja levada ao fim.

Tenho até, de fonte limpa, que esta surra, dada pelo cordial professor, é ainda a mesma que ele iniciou vinte anos atrás e que, pela má escolha da hora e do local, vem sendo sistematicamente coibida de completar-se. Hoje em dia, transformou-se num reflexo condicionado irrefreável, num verdadeiro cacoete, do qual só conseguirá livrar-se deixando de ir à missa, ou deixando de ir com a mulher. E isto é inevitável, por serem ambos muito religiosos e se amarem com ternura.

Há maridos humanitários que, antes ou depois de moerem suas mulheres de pancada, explicam porque o fazem. É, ainda, a meu ver, um vezo inútil: de modo algum a mulher será persuadida pela explicação, e o muito falatório só servirá para prejudicar o efeito moral construtivo das pancadas.

## Epílogo
## (Nem tudo que começa mal acaba bem)

(Aldous Huxley)

Estas incompletas mas sóbrias considerações mostram, a nosso ver, de maneira incontestável, as vantagens que o homem casado leva sobre o homem solteiro. Constituirão, portanto, forte argumento na boca de qualquer jovem inteligente interessada em apontar ao seu eleito o caminho do altar.

O argumento definitivo, esmagador, deixamo-lo para o fim, e é o seguinte: o homem casado vive mais.

E isto é matematicamente comprovado pelas companhias de seguro, por estabelecimentos bancários, associações de classe, por todas as instituições que vivem da estatística.

Ora; não existe ninguém que queira uma vida breve, solteiro ou casado. A vida, apesar do que possam dizer os humoristas, é uma coisa bastante divertida; e depois, só o prazer de enterrar conhecidos e inimigos compensa quase tudo.

À regra de ouro dos casados viverem mais, só há uma exceção: a dos cardeais e papas. Estes, embora solteiros (quase sempre), vivem tanto ou mais que os casados. Explicação para isto não há, mas mesmo que houvesse não interessaria. A sua probabilidade, caro leitor, de ser cardeal – já não digo papa – é quase nula, enquanto a de casar é relativamente boa. Sem falar nos prazeres do casamento, muito mais acessíveis ao homem médio que os enlevos da vida monástica.

Portanto, mãos à obra, leitora amiga. O tempo urge, a concorrência é grande, e o melhor marido em potencial é ainda o rapaz solteiro. Não perca tempo com outros estados civis. É verdade que onde há vida há esperança, e eu mesmo conheço o caso de uma senhorita, já um pouco entrada em anos (setenta e duas primaveras), que tendo-se posto à janela para melhor apreciar um préstito carnavalesco...

# A mitologia do síndico

# A mitologia do síndico

## I
## Introdução

Síndico é uma espécie de gente à parte, e se eu não tivesse conhecido pelo menos dois síndicos de carne e osso talvez acreditasse – como o farão por certo daqui a alguns anos os arqueólogos – que síndicos foram apenas um dos mitos criados pela civilização urbana.

Destes dois síndicos que conheci, um era magro, alto, meio abigodado e lembrava vagamente M. Hulot. Como todo síndico, tinha suas manias. Uma era a de prender o elevador social para economizar energia. Dava-lhe um prazer vagamente sádico ver todo mundo subindo pelo elevador de serviço, como que antecipando (de maneira um tanto deformada, é claro) a instauração do socialismo. A outra era a de impedir qualquer forma de namoro – fosse entre pessoas, fosse entre animais domésticos – em qualquer dependência do prédio.

Para cumprir suas ordens dispunha de dois porteiros, um bom, outro ruim. O bom que eu digo era bom para os moradores, portanto, ruim para o síndico, e o outro vice-versa, igualmente. Aliás, esta necessidade que tem o síndico de se indispor desde logo com a maioria dos moradores do prédio faz parte de sua natureza. Nenhum síndico se sente satisfeito enquanto não consegue avolumar contra si todo um carregamento de queixas. Tenho para mim que o mecanismo aí é o seguinte: morar em apartamento é difícil, como sabem todos os que moram em apartamentos, e as dores de cabeça são muitas. É preciso, portanto, que as pessoas que moram em apartamento tenham a possibilidade de descarregar suas mágoas, sua insatisfação com a vida, seus desgostos no amor, nos negócios, etc, em cima de uma entidade qualquer, e ninguém melhor indicado para este fim que o síndico. Há síndicos que reservam duas, três horas do dia só para isso. O condômino chega, começa reclamando da falta d'água, do serviço de elevadores, da cara do porteiro. Depois, sem ele mesmo perceber, já descamba para a última briga com a mulher, para a retração do crédito, para a alta do dólar, para a transferência para Brasília. A seguir, fala de sua infância, de seus pais, de sua cidadezinha natal e dos primeiros anos no Rio. (A esta hora, naturalmente, já se encontra estendido no sofá que o síndico tem em seu consultório).

Finalmente, ao término da entrevista, paga R$ 200,00 ou R$ 300,00 à enfermeira (preço médio atual para psicoterapia em profundidade) e sai dali satisfeitíssimo, achando o síndico um sujeito encantador. Depois, começa de novo a faltar a água, ou o crédito, ou o bom humor da mulher, e aí volta a odiar o síndico até nova entrevista, e assim por diante.

## II
## O tipo militar e a mulher

Mas voltemos ao nosso síndico, M. Hulot, que perseguia namoros e que era major do Exército, governando portanto condôminos e locatários com mão de ferro. Depois das dez horas: portão trancado, bandeira hasteada, porteiro à guarita. Solteiro acompanhado de moça não entrava; podia estar com a própria genitora. Que apelasse para a lei, chamasse a polícia, impetrasse mandado de segurança: pouco ligava o major. Moça solteira, acompanhada de namorado ou congênere: idem. Empregada: idem. Moças noivas que viviam com a família e recebiam seus eleitos no maior respeito tinham que avisá-lo de seu compromisso, recebendo então a senha da semana.

À meia-noite o porteiro batia no apartamento da família e solicitava, em tom cortês, a despedida do noivo. O major acreditava piamente na moral e nos bons costumes e manteve-se comovedoramente fiel à sua crença até o derradeiro dia de sua sindicância. Digo, derradeiro dia de sua sindicância porque o foi também de sua vida. Pelo menos de sua vida ativa. As dependências de um edifício são o único túmulo digno de um síndico batavo, e este não desmereceu a sua vocação. Certa noite, quando espiava um casal de namorados entregues aos seus enlevos na escadaria de serviço, perdeu o equilíbrio, despencou, rolou quatro andares, deslocando o braço ou, pelo menos, a clavícula. Nunca mais foi o mesmo. A queda tornou-o curiosamente melancólico. Deu para gostar de arte abstrata e passava horas inteiras à janela de seu apartamento, que dava para a Lagoa. Desinteressou-se do edifício, de seus deveres; cantarolava canções antigas, lia Guilherme de Almeida, levantava-se para desfolhar um ramo de flores que solicitava colocarem cada dia em seu quarto. Acho que alguma coisa se quebrou dentro dele, como às vezes acontece com síndicos do tipo militar. Há majores, coronéis, até mesmo generais, que do alto de suas maturidades, lançam um olhar para o caminho já percorrido, se recolhem de horror e se convertem à poesia.

Ao morrer, deixou todo um volume de *Espumas Flutuantes*, marcado com abundantes anotações, infelizmente em letra ilegível. Este volume, bem como objetos de seu uso pessoal, acham-se recolhidos ao Museu do Síndico.

O outro que eu conheci não era síndico, e sim síndica, e não tinha posto algum no Exército. Não era sequer viúva de major, pois que se desquitara, quatro anos antes de se tornar síndica, de um atacadista de cereais e vinhos da Rua do Acre. Vivia num esplêndido isolamento terraçal, com seus varais, sua melancolia, telefone e extensão, e um cão muito doente, amarelo, felpudo, asmático, que mesmo para descer de elevador tinha de ser carregado pela sua dona.

D. Bé, como a chamavam, vivia bastante alheada à sua missão de síndica, cuidando apenas de ir à igreja e de impedir que rapazes solteiros, depois das dez horas, etc. Este cuidado, aliás, parece-me uma doença ocupacional de todo síndico: o medo de que pessoas solteiras possam gozar, após as dez horas, dos prazeres do amor. Não sei se é o afã pelo bem-estar dos moradores (sabido, como é, que depois das dez horas o amor faz um mal terrível às pessoas solteiras, assim como manga com leite) ou se é a preocupação com a moral do edifício. Pessoalmente, nunca compreendi esta insistência de se relacionar o amor com a moral, uma coisa nada tendo a ver com a outra. A moral é aquilo que faz com que as pessoas procurem parecer uma coisa quando são outra. A moral, chego a pensar, causa muito maiores danos que a imoral, mas pouco espíritos terão suficiente ousadia para concordar comigo.

Voltemos, portanto, à síndica. Desde que os casais fossem devidamente incomodados em nome da moral, o resto estava tudo certo. Portanto, passávamos (pois eu morei neste prédio por mais de um ano) tempos sem luz, água, esgotos, elevador, mas: *delenda essere* "casal". O lixo acumulava-se à nossa porta, os porteiros organizavam pequenas noitadas de jogo nas dependências do prédio, cartas e recados não eram entregues, contudo: *delenda essere* "casal". Um belo dia, a síndica sumiu e até hoje não foi encontrada. Seu apartamento mantém-se intacto: a cama desfeita, algumas gavetas entreabertas, o despertador, o canário, que envelheceu e se empalhou, a roupa no varal, que a brisa do Brasil beija e balança, o espectro do cão amarelo, asmático, que se lamenta ao soar da meia-noite, tudo exatamente como ela deixou. Dizem que um casal, mais aborrecido, vingou-se, dando sumiço na síndica, mas para gente um pouco mais esperta e desconfiada, foi este cão felpudo e muito sonso que devorou a veneranda senhora, com perícia profissional, não deixando sequer sombra de vestígio, o que muito intriga a polícia até hoje.

Dizem que o apartamento de D. Bé será tombado e reconstituído numa sala especial do Museu do Síndico, já tendo sido votada a verba, faltando só o Tribunal de Contas aprovar.

## III
## Síndicos revolucionários famosos

É impressionante, aliás, o fim estranho a que chegam todos os síndicos, cedo ou tarde, em suas vidas. Já não falo dos que se matam ou a alguns condôminos, na impossibilidade de atenderem às muitas reclamações. Mas é digno de menção o caso dos que ficam exageradamente religiosos, ou dão para se comportar como crianças, ou para se vestir de preto noite e dia, ou dos que se tornam simplesmente irremovíveis de seu cargo, como determinado presidente de certa Câmara de Vereadores.

Já houve caso de edifício abandonado em massa pelos moradores, como sinal de protesto por não se conseguir a remoção do síndico. E o contrário também já aconteceu: inquilinos e condôminos que se constituíram num comando, ficaram à espreita do síndico quando este voltava da sessão da meia-noite no Metro, que o prenderam, julgaram, condenaram e, finalmente, incineraram.

Esta instância, aliás, reveste-se de certa banalidade: não é de hoje que a polícia recebe queixa de famílias de síndicos, cujos chefes foram incinerados na lixeira ou esquecido no poço do elevador. Apenas, sendo o DOPS um órgão cético por necessidade profissional, só se interessa por coisas imaginárias, como por exemplo, espionagem e subversão da ordem social, não dando, pois, importância a fatos documentáveis como síndicos incinerados e outros. O que é lamentável, pois a incineração de síndicos é resquício de costumes selvagens, comprometendo nossos foros de *urbs* civilizada.

Enquanto o síndico não interfere na vida íntima das famílias, determinando-lhes a hora do almoço e do jantar, o colégio que devem freqüentar, os filmes a que podem assistir, os livros que devem ler, o candidato em quem devem votar, etc., os riscos não são grandes. O brasileiro é tolerante por natureza e mesmo na vida amorosa ainda admite uma ligeira intervenção sindical, contanto que seja feita em nome da moral ou outra entidade onírica.

Este síndico em quem me inspirei para dar os exemplos de incineração e congêneres, vigiava, como não podia deixar de ser, com zelo excessivo, os solteiros, recomendava moderação aos casados, visitas freqüentes à igreja, e assim por diante. Aos domingos cortava a luz do prédio para que as pessoas não se deitassem tarde. Só muitos anos depois é que descobriram que era inteiramente doido, mas até então foi sempre tido e havido como homem sério e de muito respeito: uma verdadeira reserva moral.

Não fosse este pequeno lapso de descobrirem sua loucura e acabaria político, quiçá até eleito à mais alta magistratura, posto esse em que não seria o primeiro doido a instalar-se, como nos mostram vários exemplos.

Aliás, as vocações políticas em síndicos não são raras. Soube de um que, inspirado em modelo que veio do alto, decidiu perpetuar-se por intermédio de obras mudancistas de grande envergadura. Iniciou-se trasladando a entrada do edifício e o saguão para o subterrâneo da garagem, enquanto a garagem era transferida para um cercado de areia que havia nos fundos, o qual por sua vez, mudado, serviria de *playground* às crianças que assim o desejassem. Durante três anos e meio o edifício viveu em polvorosa devido às grandes obras deste síndico. Tudo se desorganizou: água, luz, gás, telefone, incineradores e elevadores. Estes últimos deixavam cada dia o inquilino em um ponto diferente: ora desciam com ele até a garagem, o prezado safando-se por uma rampa de madeira de oitenta e cinco metros de extensão; ora estacionava no segundo andar, no meio dos escombros do saguão em mudança; ora deixava o cliente nas areias escaldantes do *playground*, de onde era retirado por uma caravana que passava de hora em hora, e que o transportava até o ponto de bonde nas costas de camelos ou muares. Depois, cedendo à pressão das muitas reclamações, o síndico providenciou para que os elevadores, locomovendo-se um pouco também na horizontal, fossem deixar os passageiros direto na parada do lotação, o que causou grande espanto à turma da Otis, cujo *public relation* escreveu a respeito uma carta à *Time Magazine*.

As mudanças e as obras cessaram tão repentinamente quanto tinham sido iniciadas, porque o síndico, que se chamava Dr. Portela, viu-se possuído, não se sabe bem por que, de súbita fúria de impedir que os moradores alojassem animais, domésticos ou não, em seus apartamentos. Síndicos doidos caracterizam-se por estas bruscas mudanças de projetos, que não têm, aparentemente, nenhuma causa racional. Da noite para o dia interrompem o que vinham executando e passam para outro programa inteiramente incorrelato.

Partindo da fobia pessoal contra uma cadelinha cognominada Suzi que, embora animal de pequeno porte, punha em perigo a respeitabilidade do prédio com suas ameaças e latidos constantes (sic), Dr. Portela iniciou memorável campanha, verdadeiro programa, contra cães, gatos, canários, tartarugas, serpentes, crocodilos, ictiossauros, pterodáctilos e outros chamegos, implicando com tudo e com todos, desde o mamute do estudante cearense do 312, o qual tinha aquele singular bicho para acalentar-lhe as horas de solidão, até às miseráveis galinhas, mais mortas que vivas, que eram introduzidas clandestinamente pelos moleques de feira, para consumo das famílias. Enquanto isso, o *playground* inacabado, o saguão intransferido, a garagem semi-mudada jaziam no mais triste abandono. Para se entrar no edifício havia necessidade de passar-se por alguns acres de terra de ninguém, cinzenta, erodida, cheia de detritos, escombros e ruínas de uma civilização outrora florescente. Uma vegetação rasteira e imunda cobria parte das ruínas. Alguns condôminos chegaram a perder-se no meio desta árida desolação, sobrevoada de abutres e corvos, e eram encontrados meses depois, vagando esgazeados, com as vestes em farrapos, a barba crescida, emitindo sons ininteligíveis, murmurando com voz rouca: "Dobrões de ouro! Dobrões de ouro!" e desfalecendo a seguir.

## IV
## A contra-reforma

Provocados pela singular implicância do síndico desastrado, os moradores, por birra, resolveram todos colecionar animais, trazendo para o edifício qualquer espécie de bicho que encontrassem solto nas ruas, ou mesmo importando espécies raras, sempre que o orçamento permitisse. Era um tal de entrar, na calada da noite, subornado o porteiro de depois das dez, com pequineses e siameses, peixes dourados e sabiás, tamanduás-bandeira e orangotangos, que em pouco tempo o edifício se transformou numa verdadeira África. De noite ouviam-se os mais estranhos grunhidos e rugidos e gemidos e uivos: uma senhora, que vinha de visitar sua velha tia enferma, foi atacada, na semi-obscuridade de selva tropical, por um bicho cheio de farpas e olhos brilhantes. Este bicho dilacerou-lhe o vestido e arranhou-lhe a parte terminal das costas. Um rapaz de uma pensão vizinha, que entregava marmitas no 802 e no 804, sumiu misteriosamente, encontrando-se apenas o seu boné e tamancos.

Diante de eventos de tal gravidade, os homens do edifício passaram a andar aos pares, trazendo *Winchesters* a tiracolo e *Colts* na cintura e facões *Bowie* para cortar cipós, munidos ainda de rações de chocolate e quinino.

No 5° andar, um senhor que trabalha na Prefeitura abateu um rinoceronte que aguardava o elevador de serviço. Duas alunas do Instituto de Educação foram seguidas por um tigre de bengala, de passo incerto e olhar sombrio, através de quatro andares. Quando já iam desistindo da fuga, arrasadas de medo e cansaço, o tigre atirou longe a bengala, soltou um gemido melancólico e sumiu. Várias vezes porteiros e faxineiros tiveram de espantar morcegos e aranhas de espécies diversas que pendiam das sancas da entrada social. Estes mesmos faxineiros e porteiros, aliás, serviam de guia e batedor a vários safaris nacionais e estrangeiros (dois de Londres, um de Johannesburgo) que vinham caçar nas dependências do prédio durante a *saison*. Apareceu também uma equipe dos estúdios de Walt Disney para filmar danças de zulus e colher flagrantes de animais selvagens em seu habitat. As características insólitas do edifício mereceram referências da *Paris Match*, da *Life*, e da Revista *SR*. Ernest Hemingway planejava visitá-lo, e a Metro já encomendara um argumento que seria rodado *in loco*, estrelando Stewart Granger, quando o síndico, Dr. Portela, encontrou o seu fim trágico, peculiar a todos os síndicos e do qual já falamos.

Certa noite, quando tirava as botas e a cartucheira e se preparava para gozar algumas horas de descanso bem merecido, Dr. Portela ouve o soar da campainha da porta. Em vez de espiar pelo olho mágico, como seria natural, Dr. Portela abre diretamente a porta de acesso ao seu tugúrio. Suprema imprudência. Vê-se imediatamente agarrado por mãos possantes e atirado sobre uma cadeira.

– O senhor é que é o Dr. Portela? – perguntam-lhe.

– Perfeitamente – respondeu este.

– Pois então considere-se preso e demitido.

Era o golpe de Estado. Uma turma de oficiais-moradores resolvera acabar com aquele regime vergonhoso e selvagem. Na mesma noite, Dr. Portela se vê obrigado a assinar sua deposição e talvez pagasse com a vida sua leviandade se num momento de distração dos inimigos não conseguisse fugir com sua família, solicitando asilo na embaixada de um edifício vizinho.

Os oficiais-moradores constituíram-se numa junta militar, reformaram a Constituição, regeneraram os costumes, reinstalaram a moral, acabando com a selva e com as obras inacabadas. E daí por diante, uma ditadura militar regeu os destinos do prédio, com grandes realizações no plano material (no que geralmente as ditaduras funcionam bastante bem), mas impedindo qualquer eleição e manifestação livre da palavra ou do pensamento. Apesar da avacalhação que existia no regime anterior, muita gente tem saudade do tempo do outro síndico e preferiria trocar a impecável organização militar por um pouco de esculhambação e liberdade.

## V
## Epílogo

Precisamos mesmo de síndicos? Estará a opção entre síndicos e ditaduras militares? Não é preferível, apesar de tudo, o regime parlamentar?

Ah, um mundo sem ditaduras, no qual cada um fosse o síndico de si mesmo. Sonho?! Quimera?! Pois se já existiu! Consultem a Enciclopédia Britânica ou o arquivo da Academia Paulista de Letras e lá encontrarão:

"Cada família possuía um pouco de terra, um pomar, uma horta, alguns animais. Os homens viviam de seu trabalho e dos produtos do solo."

Sim, meus amigos, acreditem ou não, já houve tempo em que o ser humano morava numa CASA!

# Como conviver com um abajur

# Como conviver com um abajur

Abajur é coisa que me tem intrigado desde a mais tenra infância. Até hoje não compreendo como objeto tão exótico e curioso não tenha despertado maior interesse de escritores e artistas em geral.

Eu, por mim, já com dois, três anos de idade, me extasiava diante da coleção de minha avó. Lembro-me dum, particularmente majestoso, herança de família, de aba ampla, tronco poderoso, longos penduricalhos, que dizem ter pertencido à minha tataravó e no qual a veneranda dama, uma vez falecida, teria resolvido encarnar-se, a fim de continuar a exercer sua benévola influência sobre a família.

O abajur lembrava, de fato, uma velha senhora, e com o tempo acontecera-lhe peculiar transformação mimética; tornaram-se os dois, o abajur e a minha avó, incrivelmente parecidos. Quando se encontravam juntos, a semelhança chegava a ser embaraçosa, e, dada a delicadeza do problema, ninguém se atrevia a esclarecê-los, nem à minha avó, nem ao abajur. Em várias ocasiões, pessoas que sofriam da vista cometeram equívocos desagradabilíssimos, ora indo cumprimentar com muito respeito o velho abajur, ora insistindo, teimosamente, em acender a venerável senhora.

Aliás, a facilidade com que abajures imitam seus donos vem sendo anotada há muito tempo, e existem, a respeito, oportunas referências, tanto no Alcorão quanto no Mahabharata. Abajures são um pouco como cachorros, que acabam adquirindo os vícios, as paixões, os humores de seus donos.

Notório, em Belo Horizonte, é o caso do abajur que nunca mais acendeu depois que seu dono, reverendo queridíssimo na paróquia, transportou-se desta para a melhor. O abajur, todo ornado de santinhos, passou a ostentar, na manhã subseqüente ao falecimento, crepe grosso em torno de cada imagem, pregando um grande susto na irmã do reverendo, principalmente depois que a criada jurou não ter contribuído para o insólito efeito.

E como estas coisas correm mundo com espantosa rapidez, em poucas horas uma multidão cercava a casa, apinhada de repórteres, e uma longa fila de enfermos se formara diante do abajur, no qual todos queriam passar a mão, fazendo a seguir o sinal da cruz.

Dizem mesmo que houve cura de duas senhoras paralíticas, de um major aposentado que sofria de reumatismo, e de um menino atacado de aftosa.

Não fosse a pronta ação do bispo, que conhecia a manha de abajures e não queria saber de conversa, não duvidamos estaria a Igreja até hoje a braços com um abajur milagroso.

## O abajur e o eterno retorno

Isto de os abajures se afeiçoarem violentamente a seus donos é muito mais corriqueiro de que se pensa. Eu mesmo tenho um caso na família, um primo que é bêbado contumaz, e que ganhou muito dinheiro às custas de um abajur amigo seu.

Este primo vivia, como todo bêbado, cheio de álcool e vazio de numerário. À medida que se afundava no vício, ia empenhando um por um seus objetos de estimação. Um dos últimos foi justamente o tal abajur, lembrança de namoro distante, de uma juventude da qual não queria desapegar-se, razão porque o abajur, que parecia um imenso repolho rubro, foi dos derradeiros a ser empenhado.

Até aí tudo bem. Altas horas da noite, volta meu primo da ronda dos bares, cambaleante e cantarolante, tendo ingerido em substância líquida o que o prego lhe dera pela pantalha (abajur). Enfia a chave na porta, após algumas vacilações, entra na sala que cheira a incúria e abandono, aciona o interruptor de luz, e dá de cara com o abajur que fora deixado naquela tarde na casa de penhores.

– Ah, já estás aí? – exclama meu primo sem maior espanto, entendendo (como todo bêbado) o universo através de uma lógica que os sensatos não perceberão nunca. –- Desculpe o atraso.

Abraça o amigo, carrega-o para cima, coloca-o na mesinha de cabeceira. Deita, adormece. Na manhã seguinte, ou, para ser mais exato, lá pelo meio-dia e meia relembra o episódio, turvamente, desperta, e ainda semi-adormecido prega um valente sermão ao abajur.

– Isto não se faz, ouviu? – diz com o dedo em riste. – O homem lá é meu camarada. Pagou você, e não é honesto fazer isso com ele. Você vai é voltar, já e já.

Embrulha-o numas folhas de jornal, passa-lhe um barbante, ruma para a casa de penhores.

– Me diga uma coisa – pergunta ao empregado (já se fortalecera com dois tragos no caminho) – me diga uma coisa: o abajur está?

– Não senhor – responde o empregado, que já o conhece de outros empenhos. – O abajur saiu para o almoço, mas não deve demorar.

– Ah, então é isso – responde meu primo, e vai desembrulhando o pacote. – É que eu o encontrei aí no botequim da esquina, almoçando com uns amigos, e resolvi trazê-lo eu mesmo.

E, diante dos olhos arregalados do outro, estende o abaixa-luz pacatamente em cima do balcão. O empregado pensa ainda tratar-se de um par, vai até os fundos conferir o depósito, volta tão atônito que esquece de fazer perguntas. E meu primo, satisfeito sai assobiando, muito contente de sua honestidade.

Alegria de pobre, diz o ditado, dura pouco, e o mesmo se poderia dizer de integridade de bêbado. Se a primeira devolução do abajur foi um gesto franco e espontâneo, já a segunda custou ao primo fortes sacrifícios, e a terceira não chegou a ocorrer.

Deslumbrado diante de tanta fidelidade, tonto com o dinheiro fácil e inesperado que se oferecia, ei-lo agarrando-se à calva da sorte. Vai meu primo caminhando altivo, um tanto trôpego mas altivo, pela calçada da Rua Larga, sobraçando o embrulho familiar; vai o mesmo primo com o mesmo embrulho, dia seguinte, cruzando a Rua da Constituição: vai no dia após este pelo Catumbi: e depois pelo Flamengo; e depois pelo Maracanã; e já tem planos de recomeçar o rodízio na mesma ordem, quando se esgotarem todas as muitas casas de penhores desta cidade, ou de mudar-se para São Paulo, se a maioria dos caixeiros ou donos de prego possuir memória acima da média.

Estranho nisto tudo é que a vida de homem de negócios começa a fazer-lhe bem, já não precisa tanto recorrer ao vício, sente-se mais vivo, mais alegre; o abajur fiel pô-lo no caminho da regeneração.

Resta, agora, aguardar o desfecho. Será feliz, como eu espero? Ou caberá mais razão aos pessimistas que contam para muito breve com a revolta do abajur, cansado de ser capitalisticamente explorado, e que enviará ao primo o ultimato: ou recebe participação nos lucros, ou se deixa ficar no próximo prego que lhe der guarida.

Ambas as hipóteses são plausíveis, e embora eu torça pelo *happy end*, a prática demonstra que de abajures, como da realidade, tudo se pode esperar; suas manifestações ultrapassam de longe as mais absurdas fantasias da mente humana.

## O abajur e a parapsicologia

Sou de opinião que leis moderadas deveriam limitar certas criações dos fabricantes de abaixa-luzes. É notória a influência que o material e o formato exercem sobre o temperamento do abajur. Certas formas, bem como certas substâncias, deveriam, definitivamente, ser proscritas.

Já não falo da pele humana, em moda numa das recentes guerras mundiais, matéria de muito mau gosto, tanto para abajures quanto para crônicas. Mas mesmo a pele comum de animal é perigosa nos lucivelos (abajures), e o freguês incauto, que adquirir um, corre sério perigo de se sair mal da experiência. Quanto a mim, evito-os ao máximo, principalmente depois daquele que adquiriu o compadre Belo, todo coberto de pele de onça, que deu para emitir estranhos rugidos no meio da noite e teve que ser abatido a tiros.

Esses abajures de ramos de ferro, que parecem um pouco polvos, pela multiplicidade de braços, também não são boa coisa, e deles quero apenas muita distância. Um assim deu enorme vexame em casa de meu irmão, perseguindo um hóspede a altas horas da madrugada, fazendo-o disparar pelo corredor, aos gritos, e ainda tentando forçar a porta de seu quarto.

Apesar de incrédulo, meu irmão desfez-se do malfadado objeto logo no dia seguinte, e bem avisado andou, como se prova a seguir. Porque o colega de trabalho que recebeu o abajur de presente vem, desde então, sofrendo reveses financeiros gravíssimos: perdeu fortunas especulando na baixa do dólar, nos planos antiinflacionários do então ministro José Maria Alkimin, e nos projetos do chefe de polícia de acabar com o contrabando.

Compadre Belo, pessoa sisuda que não emite opiniões sem citar as fontes, diz que já viu abajur de muitos braços provocar peste em gado, sarna em cachorro, erupção em criança, doença em família, briga de namorados, falta d'água e de empregada.

Que abajures têm a mais estranha sensibilidade, isto eu mesmo constatei, pois nenhum registrou maior extravagância de conduta que esse que minha mãe me deu de presente e que sofreu terrível queda no momento em que eu assistia, pela televisão, a um programa do conhecido cantor Cauby Peixoto.

O dito abajur, em formato de garrafa, chapéu panamá, que até então funcionara com absoluta normalidade, passou, após o trauma, a comportar-se da maneira mais bizarra. Só acendia quando lhe dava na telha, e não havia tomada ou interruptor capaz de subjugá-lo à minha vontade. Passou meses apagado, a despeito de mil providências; depois cismou, e sem que o tocassem, acendia subitamente no meio da noite ou do dia.

Tentei até compor um gráfico, profetizando seus acenderes e apagares, como se faz com as aparições de cometas; em vão. Há noites que saio, deixando tudo apagado; volto, encontro-o aceso. Creiam-me, acende até quando não está ligado na tomada, o que já me custou a amizade de várias pessoas, que, melindradas com o fato, deixaram de freqüentar minha casa.

O diagnóstico dos que o examinavam era sempre o mesmo: fio solto. Consertam-no, fazem-no funcionar em suas oficinas; chega em casa, pronto. O mal reinicia.

Já começava a me aborrecer seriamente, quando recebi um conselho que me pareceu dos mais sensatos.

"Só há um jeito", disse-me este amigo, muito versado nos pequenos mistérios da vida, pois é banqueiro de bicho. "É você expor o abajur a mais uma audição do consagrado cantor Cauby Peixoto. Primeiro porque o criminoso retorna sempre ao local do crime, e depois porque os traumas da infância a gente só os conserta revivendo-os."

Infelizmente, Cauby Peixoto viaja muito; ainda não consegui fazer coincidir o seu horário com o meu e com o do meu abajur. Enquanto isso, já me vou afeiçoando ao temperamento dele (abajur, não Cauby) e nem quero mais que mude. O abajur acende quando quer, e eu me utilizo de sua luz quando me convém.

Se me sento à minha escrivaninha com autor que ele aprecia: Thurber, Robert Louis Stevenson, Musset, ele se acende sem que eu necessite sequer tocar no botão. Se vou com Mickey Spillane ou Nelson Rodrigues, ele franze a testa e dá uma luz muito baixa; com certos autores que carregam na mensagem social não adianta nem tentar: permanecerá trancado em trevas. Seu gosto literário é dos mais coerentes: se soubesse escrever, não duvido, acabaria exercendo notável influência, com seus rodapés de crítica, sobre a nova geração.

Mas talvez exagere; talvez para isto não haja necessidade de saber escrever.

## Ao apagar das luzes

Creio que este resumido ensaio preencheu, em parte, a grande lacuna aberta por poetas e cronistas, ao esquecerem os abajures em suas criações.

A bizarra personalidade desses seres (abajures) permitiria, como é fácil de perceber, estudo muito mais amplo, muito mais profundo que o presente. Espero, portanto, que meu modesto trabalho tenha servido apenas para chamar a atenção dos escolares para o vasto, fecundíssimo filão ainda inexplorado.

Fica, ainda, à guisa de advertência, o seguinte: não se pense, pelo que foi dito, que todos os pára-luzes, sem exceção, são personalidades esquizóides, excêntricas. Se chegaram a concluir tanto, peço que me perdoem, levando-o por conta da minha insuficiência estilística.

# O dia da **mãe**

# O dia da mãe

## Prolegômenos

O Dia da Mãe foi originalmente inventado pelo conhecido navegador e comerciante hanoveriano do século XV: Hans Gustav Ludwig von Mutter.

H. G. L. v. M. foi o primeiro a exportar especiarias de volta para as Índias num tempo em que este comércio se fazia inteiramente ao contrário, isto é, de lá para cá, em vez de cá para lá.

Estas e outras inovações renderam-lhe considerável fortuna, a qual investiu, parcialmente, em benfeitorias na sua cidade natal. Isto fez com que von Mutter fosse proclamado cidadão honorário da cidade em que nascera. Ao mesmo tempo, realizaram uma celebração pública de seu aniversário (o segundo domingo de maio), que depois se transformou em tradição.

Mutter quer dizer mãe, em alemão, língua que é falada não só em Hanover e na Alemanha inteira, mas também em quase todas as aulas de alemão dadas no mundo todo, e ainda, igualmente, pelas pessoas que, não sendo da mesma nacionalidade, encontram no alemão a língua comum através da qual se entendem.

(Há outras línguas comuns além do alemão. Entre as mais comuns citaremos: o francês, o inglês, o italiano, o espanhol, o português, o aramaico, o braille, o semáforo, os sinais de trânsito, o berlitz e a cultura inglesa.)

Sendo, pois, Mutter, mãe em alemão, a celebração do aniversário do mercador hanoveriano transformou-se, com o tempo, no Dia da Mãe. Mais tarde, por uma questão de generalização, havendo em Hanover, como, aliás, em toda parte, mais do que uma mãe, o dia passou a ser o das Mães, embora a língua inglesa, conservadora como o povo que a fala, mantenha a forma histórica singular: Mother's Day. (Ao pé da letra: "Da mãe o dia".)

## Desenvolvimento e mãe

Como o Dia das Mães foi fundado por um comerciante, pode ser considerado também o Dia do Comércio.

Ao se avizinhar o Dia das Mães, o comércio, como é sabido, intensifica bastante o seu movimento. Grande número de pessoas entra nas lojas com a finalidade precípua de comprar presentes para as mães.

Havendo muitas mães e muitos presentes, ocorrem, vez por outra, mal-entendidos. Pode acontecer que uma pessoa presenteie a mãe de outra, o que, dependendo das circunstâncias, será interpretado como homenagem, equívoco ou vitupério.

Às vezes o presente não é destinado propriamente à mãe e sim a uma outra figura feminina nela encarnada. Pois, como sabemos, numa mesma mulher podem acumular-se muitas outras mulheres. Não são poucos os casos de senhoras que, sendo mães de alguns, são ao mesmo tempo esposas de outros, namoradas de terceiros, noivas de quartos, amantes de quintos, avós de sextos, e ainda irmãs, tias, cunhadas, noras e amigas dos restantes. Este fato, aliás, pode ser facilmente verificado em anúncios fúnebres, e em nada contribui para aliviar as confusões e os qüiproquós que são cometidos, por vezes, no Dia das Mães.

## A mãe é também um ser humano

Cada mãe recebe os presentes de acordo com o seu temperamento. Isto porque as mães, como quase todo mundo, são também seres humanos e têm reações iguais a toda gente. As mães só deixam de ser seres humanos quando são entronizadas ou divinizadas, como no caso dos antigos egípcios e outros, ou então em cerimônias cívicas, quando então a mãe se torna A MÃE. Já em discussões ou brigas de rua sucede exatamente o inverso: A MÃE se torna a mãe, ou a mãezinha, conforme o tom do debate.

A mãe, geralmente, é uma senhora ou moça de características medianas, cabelos castanhos, gênio variável, com bons dentes e bem vestida, se for mãe de família abastada, ou então com poucos dentes ou, às vezes, sem dente nenhum, caso pertença às classes mais desfavorecidas, em torno das quais, nos últimos anos, tem havido considerável celeuma.

Fora das características sócio-econômicas, a mãe pode ser bem ou mal-humorada, mais ou menos bonita, dependendo de quem olha. Pode ser dadivosa, gentil, simpática, terna, doce, compreensiva, uma verdadeira mãe enfim; ou violenta, exasperada, ranzinza, desagradável, matraca, temperamental, pessimista: uma autêntica sogra.

## A mãe e os filhos

O tipo e o temperamento da mãe têm uma importância fundamental na vida dos filhos. Muitos estudos se realizaram a respeito. Alguns desses estudos foram feitos por filhos; outros por mães, que mostraram assim raro desprendimento e senso crítico.

Entre os primeiros, ou seja, os filhos, assinalaremos: *La Libido*, de C. G. Jung, *El Complejo de Edipo*, de S. Freud, *How to Be Somebody's Mother*, de Mark Twain, *Is Sex Necessary?*, de James Thurber, e *Mamma*, ária do segundo ato da ópera Cavalaria Rusticana, de Mascagni.

Entre os segundos, ou seja, as mães, mencionaremos: *La Madre*, de Anna Freud, *El Arquetipo Materno*, de Karen Horney, e *I Used to Hate my Ma Because of my Pa*, depoimento da conhecida estrela Lana Turner, para a revista *True Confessions*.

A fim de se tornarem mães, as mulheres ou casam ou mantêm um certo intercâmbio de idéias ou sentimentos com pessoas do sexo oposto. Há, porém, casos de mulheres que se tornaram mães sem o referido intercâmbio. A este processo dá-se o nome de partenogênese, e as pessoas que conseguem realizá-lo tornam-se muito conhecidas e, não raro, até veneradas.

A partenogênese ocorre com maior freqüência entre crustáceos, pulgões e aranhas, sendo um método muito prático, pois leva sobre o método tradicional a formidável vantagem de dispensar a intervenção do ser masculino, ser sabidamente incômodo. Caso a televisão consiga tornar popular a partenogênese (assim, na base de um slogan do tipo: "ATUALIZE VOCÊ TAMBÉM A SUA VIDA SEXUAL: SEJA UMA PARTENOGENÉTICA"), mãe poderá gerar mãe através dos tempos, até se obter uma humanidade constituída exclusivamente de mães, um matriarcado (como se costuma dizer na gíria), o que não só valorizará infinitamente o Dia das Mães, mas também tornará astronômica a receita, nesse dia, do comércio varejista.

Aliás, já hoje, mesmo sem a divulgação da partenogênese, o número de mães é muito grande, e difícil é sair-se à rua sem logo a gente deparar com uma. Existem mães em toda parte: nas lojas, nas calçadas, nos ônibus, nas repartições, nos palcos e nas telas. As estatísticas mais recentes demonstram que uma, em cada uma e meia mulheres, foi, é, ou será, mãe. E destas uma e meia, dois terços receberão, com toda a certeza, um presente no Dia das Mães.

## Países que mais têm produzido mães

Um dos países que mais têm produzido mães nos últimos decênios é a Rússia.

Nesse país, onde o esquerdismo tem sido levado às suas últimas conseqüências, encontramos a figura da mãe tão popularizada, que até a literatura se tem ocupado dela de maneira bastante exaustiva.

A Rússia, entre outras, produziu: A Mãe de M. Gorki, A Mãe de Pudovkin, A Mãe de Ostrovsky, A Mãe de Bielinsky, A Mãe de Puchkin, A Mãe de Turgueniev, A Mãe de Tchekhov, e Os Possessos de Dostoievsky, numa tradução de Raquel de Queiroz.

O folclore anglo-saxão e a literatura americana não ficam atrás: fora a conhecida *Mother Goose*, há a assinalar o notório quadro de Whistler: *Mother*; *My Mother*, poema de Amélia Winthrop Wingfield, *Dear Mother*, começo de uma famosa carta de Abraham Lincoln, dirigida à sua mãe; *The Mother*, telegrama de Paddy Chayevsky; *Gee Ma*, exclamação corrente entre os teen-agers americanos que participam de filmes da Metro, e outros.

O Brasil, país de vasta extensão territorial, embora parcialmente inexplorado, também registra esta celebração folclórica da imagem materna: sem contar as personagens populares como mãe-d'água, mãe-de-porco (ave da família dos Cuculídeos), mãe-benta, mãe-joana, etc, citaremos ainda: Mãe, só tem uma, final da conhecida anedota passada com militar de grande projeção, e Pátria-Mãe, na qual a Pátria é comparada a uma verdadeira Mãe.

Desta última deriva, possivelmente, o ditado: Mamar nas tetas do Estado, contra o qual, ultimamente, algumas medidas um tanto drásticas têm sido postas em execução.

## A mãe na história
### (TOYNBEE)

Países ocidentais, orientais ou neutralistas não foram os únicos a colaborar intensivamente na produção de mães. Uma grande parte dos países do passado participou, igualmente, dessa produção. É o caso do Império Otomano, ou do Império Árabe, ou ainda da Segunda Invasão Mongólica.

Esses povos produziram mães não só em suas próprias pátrias, mas por toda a Europa, em terras que ocuparam e saquearam e por onde deixaram vestígio indelével de sua passagem, tanto nas mães quanto nas artes, nas letras, ou nas ciências.

Curioso, aliás, como as invasões, as guerras, as inundações, os terremotos, e outras calamidades públicas não cobertas pela *Lloyds* de Londres, incrementam a produção geral de mães. As paixões parecem intensificar-se, os homens e as mulheres, diante da perspectiva da morte, querem gozar mais intensamente os derradeiros momentos da existência. Resultado: aumento da natalidade.

É como se a natureza desse com uma das mãos e tirasse com a outra; melhor ainda: como se tirasse de um bolso para colocar no outro, agindo assim (na opinião de alguns) como uma verdadeira mãe.

## Ser mãe é desdobrar fibra por fibra o coração?

E isto nos leva ao clímax e, conseqüentemente, ao desfecho destas breves e despretenciosas observações.

O que é, verdadeiramente, uma mãe? É aquela que tem um verdadeiro filho? É aquela que lhe tem um verdadeiro amor de mãe? É aquela que lhe tem um verdadeiro ódio de mãe, como é o caso de certos aracnídeos?

Ser mãe é desdobrar fibra por fibra o coração? É padecer num paraíso?

A questão é complexa. Para os sentimentais é o amor de mãe que faz a mãe. Assim, para ser mãe não haveria necessidade de ter filhos (da mesma forma que para ser filho não haveria necessidade de se ter mãe). É o caso de inúmeras freiras, de certas babás, de algumas professoras de jardim de infância, de senhoras que mantêm cãezinhos, etc.

Já as pessoas menos sentimentais, os marxistas, por exemplo, não acreditam que baste o amor para fazer a mãe. No seu entender, as únicas verdadeiras mães são encontradas entre as formigas e as abelhas, ou seja, as rainhas-mães. Pois somente estas se dedicam, profissionalmente, vinte e quatro horas por dia, à atividade de ser mãe. Constituem-se em verdadeiras mães operárias, sendo tanto mães de zangões quanto de soldados, de operários, de futuras rainhas-mães, mães, enfim, de todo mundo que trabalha naquela particular colméia, sauveiro ou repartição.

E há, ainda, os poetas e os escritores, como por exemplo o sr. Nelson Rodrigues, cuja forma de exigência é outra, e que considera que a única mãe possível é aquela que ainda não teve filho nenhum.

## O senhor também pode ser mãe

A definição, como vemos, é das mais intrincadas. E esta complexidade é agravada pela crise de nosso tempo, crise imemorial, que é uma das características mais óbvias da civilização contemporânea.

Resta-nos, apenas, o consolo de que a civilização contemporânea é talvez a civilização mais nova que se conhece e, como toda civilização nova, necessita de tempo e experiência para resolver sozinha os seus problemas.

E o futuro? O que dizer do futuro, se o presente já é, por si só, tão enovelado?

Haverá ainda mães como hoje? Produzirão, estas mães, filhos, como produzem em nossos dias? Mudará radicalmente o conceito de mãe ou mudei eu? Ter-se-á descoberto alguma outra maneira de preservar a espécie? Haverá, ainda, espécie?

Perguntas inquietantes, sintomáticas da atribulação do século. E contudo, apesar de o futuro ser, tradicionalmente, uma das coisas de mais difícil previsão, atrevemo-nos a fazer uma. Se continuar o atual desenvolvimento da Mulher, e este culto que se lhe presta em cada esquina, em cada capa de revista, não há a menor dúvida de que dentro de muito poucos decênios a única e verdadeira Mãe será o Pai.

# Como incrementar a delinqüência juvenil e suas vantagens

# Como incrementar a delinqüência juvenil e suas vantagens

Uma das características mais importantes hoje em dia de uma grande cidade é, sem favor nenhum, a delinqüência juvenil. Nenhuma grande cidade é realmente grande, se não puder orgulhar-se de uma boa percentagem de juventude transviada, a qual possa, de fato, impressionar o estrangeiro ilustre ou mesmo o simples turista.

Há, contudo, administradores retrógrados que não se importam com esta exigência da vida moderna e que fazem o possível para diminuir o prestígio de sua *urbs* – seja reduzindo o número de jovens delinqüentes, seja deformando as estatísticas que revelam a sua verdadeira proporção. Poucas semanas atrás, por exemplo, uma cidade latino-americana de certa importância viu-se gravemente prejudicada pela imprudente declaração de seu Juiz de Menores, o qual, num banquete oferecido pelo *Lions Club*, declarou:

*"Llenos de un gran orgullo patriótico, es con placer que comunicamos a Ustedes la extinción completa de la llamada delincuencia juvenil. No tenemos más, en nuestra ciudad, delincuentes juveniles: todos los nuestros delincuentes son, desde ahora, majores.*

*Esta notable victoria fué obtenida gracias a un método práctico, verdadero obo de Colombo: acá nosotros extinguimos, definitivamente, el menor. Y, extinguindo el menor, extinguimos, automaticamente, el menor delincuente."*

Ora, como um dos atrativos turísticos maiores dessa cidade era precisamente a sua delinqüência juvenil (que a todos seduzia com o seu *charme* exótico e pitoresco), a redução do turismo foi imediata e flagrante. Abalou gravemente a disponibilidade de divisas do país e provocou uma violenta alta no custo de vida. Houve, pois, como sempre há nestes casos, pronta intervenção das Forças Armadas, que souberam, naquele momento da conjuntura nacional, agindo com alto espírito patriótico, depor o Presidente da República, fechar o Congresso e liquidar com a democracia para os próximos cinqüenta anos. Tudo isto, porém, mais a demissão do Juiz de Menores, pouco ou nada ajudou, porque a juventude delinqüente, justamente ferida em seus brios, entrou em greve por prazo indeterminado, recusando-se a continuar delinqüindo, mesmo em benefício da pátria.

Isso demonstra quão delicado é o problema do menor transviado e com quanto tato devem agir as autoridades, a fim de não ferirem suscetibilidade de quem quer que seja.

## O problema nacional

Por sorte, em nosso país, o perigo não é imediato (embora exista), e graças à eficiente atividade das autoridades jurídicas e policiais, a nossa juventude transviada encontra-se em formidável estágio de desenvolvimento. Promete mesmo crescer com a rapidez e o entusiasmo com que crescem as outras coisas boas em nossa terra, quais sejam, a inflação, o preço das utilidades, o empobrecimento da classe média, o cafajeste e a goiaba.

Importante é não esmorecer, permitindo que entidades verdadeiramente patrióticas como a polícia, a censura, os órgãos encarregados da supressão do menor, continuem seu trabalho fundamentado em ideais nobres e elevados.

Assim, as atividades de adolescentes devem continuar recebendo da imprensa o destaque que têm tido até o presente momento, dando-se preferência a flagrantes de curras, de batidas aparatosas da polícia, noventa e oito investigadores cercando um casal que perturba a moral das famílias ao beijar-se numa praia deserta da Barra da Tijuca.

Igualmente educativo será o contato de jovens com soldados de polícia, guardas, investigadores, etc, que são, como se sabe, pessoas eminentemente bem dotadas para lidarem com adolescentes, não só pelo seu preparo cultural, mas também pelo seu nível intelectual e sensibilidade. Aliás, é fato constatado que, depois de cada uma dessas batidas, intensifica-se de maneira notável e muito animadora a atividade dos moços delinqüentes.

Também os estabelecimentos criados para a formação de jovens transviados devem multiplicar-se, pois a sua existência apenas nos grandes centros como o Rio de Janeiro não dá para suprir a crescente demanda de outros mercados do território nacional. Há urgente necessidade de criar mais institutos, onde o candidato a deliqüente possa aprender no aconchego de celas promíscuas, no ameno recolhimento das enxovias e solitárias, através do sereno exemplo dos criminosos mais velhos e inspetores, toda a complexa técnica necessária que habilita o delinqüente diplomado.

## Um caso doloroso

Como se vê, o terreno é fecundo, e a ação das autoridades eficiente. Contudo, muito longe estamos ainda de uma juventude delinqüente ativa, de fato, e numerosa, que possa fazer jus aos nossos foros de país civilizado. Somos uma nação jovem, temos um longo caminho a percorrer, e se há muito que criticar, há também muito que sugerir. E é o que faremos em seguida, dentro do clima, construtivo que nos caracteriza.

Ora, justamente num dos setores mais importantes, no setor de proibições, verifica-se falha severíssima. A lei fundamental da natureza humana ("Quanto mais se proíbe uma pessoa de fazer alguma coisa, mais cresce a vontade de fazê-la"), tem sido muito pouco explorada. As proibições atualmente em vigor são um nada, uma ninharia, jamais levarão ninguém a revoltar-se de jeito algum .

Basta dizer que até às oito horas da noite menores podem tranqüilamente permanecer em estúdios de televisão, quando sabemos que desde cedo, desde uma, duas da tarde, já se passam naqueles locais cenas absolutamente inenarráveis. Outrossim, qualquer criança pode ouvir, seja na TV, seja no rádio, depois de dez horas da noite, a palavra amante, apesar da violenta taquicardia, náusea e dor de cabeça que a mesma palavra provoca em menores de dezoito anos. E mais: em certos casos, menores podem até participar de peças de Shakespeare, Sófocles, Bernard Shaw, embora se saiba quão nocivos são os efeitos da boa literatura em gente jovem e até em gente adulta.

A esse respeito ocorre-nos um caso dolorosíssimo, do qual foi protagonista o menor B. F, a quem os pais, em vez de educarem na base das proibições, na base de evitar qualquer contato com a realidade, resolveram tratar com tolerância e compreensão. B. F podia assistir a filmes onde o mundo real não era substituído por devaneios (acreditando seus pais que é melhor conhecer as coisas como são do que receber delas uma imagem deformada); não eram escondidas a B. F, verdades tão dramáticas e atordoadoras como o fato de todo ser humano possuir sexo, estar sujeito à morte, às pressões políticas e econômicas, ao mau humor, à falta de amor, e outros fantasmas dos quais menores de dezoito anos não devem nem ouvir falar.

Os resultados de educação tão exótica foram, como não podia deixar de ser, apavorantes. B. F cresceu, tornou-se um cidadão útil, constituiu família, teve êxito em sua profissão, é bem casado, pai de três filhos, os quais educa (apesar do Ministério da Educação) nos mesmos princípios em que o educaram.

Para evitar, portanto, que se alastrem atitudes tão perigosas quanto subversivas, colocamos à disposição dos legisladores e juízes competentes, as seguintes sugestões:

1. Todas as pessoas com menos de vinte e um anos de idade trajarão o mesmo uniforme cáqui, sem distinção de altura ou sexo.

2. Das vinte horas em diante, até às sete da manhã do dia seguinte, todos os menores residentes no território nacional serão acomodados em gelo seco, o que impedirá que se entreguem a práticas que inquietam profundamente as autoridades, quais sejam: pensar, rir, cantar ou passear com a namorada.

3. Pessoas com menos de vinte e um anos de idade ficarão terminantemente proibidas de conhecer o mundo como ele é na realidade. Para isto, entre outras medidas, seguirão rigorosamente os programas de estudo estabelecidos pelo Ministério da Educação.

4. Os órgãos encarregados da extinção do menor incumbir-se-ão de que seja respeitada apenas a letra da lei.

5. Assim, por exemplo, cuidar-se-á para que filmes proibidos para menores de dezoito anos não sejam assistidos por pessoas que têm dezessete anos, onze meses, vinte e nove dias e vinte e três horas. Em compensação, nada impedirá que menores de sete, oito ou dez anos permaneçam nas ruas até às quatro da manhã, jogando baralho nas calçadas, esmurrando-se, ou solicitando cachorro-quente e um copo de leite gelado aos pachorrentos freqüentadores do Bar Bico, no Posto Seis.

6. Se nenhuma destas proibições for suficiente para um incremento vigoroso da delinqüência juvenil, baixar-se-á uma instrução mais drástica porém, certamente, mais definitiva: É proibido ser menor.

# O bom exemplo vem do alto

As proibições estimulam, os reformatórios ensinam, mas o verdadeiro fator educativo é, ainda, o exemplo. E o exemplo que vem do alto é, sem dúvida, o mais importante.

Certo que um bom número de homens públicos já vêm pautando suas vidas de modo a estimular fortemente a juventude transviada, mas é preciso que o bom exemplo se alastre de fato e que a sua mensagem de esperança se torne inconfundível. Pois nem todos os menores (como foi o caso do jovem L. M. que citaremos a seguir) lêem os jornais e deduzem, nas entrelinhas, as forças que governam, verdadeiramente, o mundo. L. M. pela sua inteligência e intuição, era mais exceção que regra. Desde cedo mostrou que tinha compreendido o exemplo de alguns de nossos maiores líderes: já no primeiro assalto a um posto de gasolina, apresentou-se com um revólver e um carro roubados.

E se é verdade que das vezes iniciais não houve necessidade de usar a pistola, ocorreu que na quarta ou na quinta L. M. topou com um gerente mal-encarado e igualmente armado. O tiroteio atraiu, infelizmente, a atenção de um grupo de adolescentes que jogavam ronda numa calçada vizinha e que acorreram, cheios de curiosidade. Tanto eles quanto o dono do botequim *As Ditas Nações*, que também surgiu afanoso, depararam, segundos após, com um quadro dantesco. O gerente do posto se encontrava estendido numa poça de gasolina, murmurando, já sem vida, palavras ininteligíveis, enquanto um sedan verde, de cor clara, dobrava em louca disparada a Rua Carolina Machado, rumo a Cascadura.

Resultado: prendeu-se o dono do carro, pacato proprietário da tinturaria *O Leão de Ouro*, o qual foi processado e condenado a cinco anos de cadeia, pois a polícia achou mais simples (como de fato é) arrancar uma confissão que encontrar o verdadeiro criminoso.

A aventura ensinou L. M. a cuidar, no futuro, muito bem de um automóvel de sua propriedade, comprado com suor de seu rosto, instalando nele engenhos vários que o tornaram completamente à prova de roubo.

L.M. acabou preso e metido num reformatório. Graças, porém, às relações que aí travou, consolidadas mais tarde na Penitenciária Central, obteve, depois de liberado, um emprego na polícia, sendo mais tarde designado para fiscalizar o jogo do bicho no Estado do Rio. Hoje tem casa na Gávea, terreno em Brasília, sítio em Itaipava, dinheiro no estrangeiro. É a favor da exploração nacionalista de nossas riquezas, da reforma agrária e contra o monopólio dos trustes. Gosta de cinema brasileiro. Cômico predileto: Golias. Músicos: Bach e Noel Rosa. Casado, adora a mulher. Três filhos, "minhas obras-primas", diz. Seu melhor romance? Aquele que escreve no momento. Não acredita em fantasmas, "*pero que las hay, hay*". Espera morrer com noventa e cinco anos, em tempo de assistir à chegada do primeiro homem a Marte.

## A mulher nua

O caso do menor L. M. leva-nos (indiretamente, é bem verdade) ao ponto talvez mais importante de nossa investigação: a censura. Este poderoso órgão, que tão excelentes serviços presta no sentido de incrementar a prática da delinqüência, não tem, contudo, aproveitado efetivamente todos os muitos recursos de que dispõe. Não estando devidamente entrosado com os agentes da lei, não faz respeitar suas próprias proibições e, o que é mais grave, nem sempre suas proibições têm a severidade que deveriam. Deixa passar ainda, de vez em quando, sem nenhum corte, filmes que são artísticos e humanos; não mutila, como deveria, certas obras de teatro, que trazem uma mensagem poética ou realista.

De todos os seus lapsos, porém, o mais grave é, sem dúvida, o da MULHER NUA que, *data venia*, verberaremos a seguir, dentro do clima sereno e construtivo que é tão nosso.

Ora, sabemos todos por meio desta voz interior, que nunca engana, que a única coisa verdadeiramente imoral na vida é a MULHER NUA. Pode campear a violência, o suborno desenfreado, a corrupção da justiça, a facciosidade dos poderes públicos – mas imoral mesmo é a MULHER NUA. A MULHER NUA é a pior coisa que pode acontecer às pessoas bem formadas, à família, aos bons costumes: ela já causou devastações maiores que a carta anônima, o bom-senso, o espaço sideral ou mesmo o queijo de Minas. É fato notório que diante da MULHER NUA os homens desatinam, põem fogo às igrejas, agridem as instituições, quando não perdem por completo a cabeça e pensam até em diminuir orçamentos de ministérios militares.

Pois bem, é exatamente neste setor de MULHER NUA que a censura se tem mostrado lamentavelmente frouxa, e é raro o conjunto de dez, vinte mil filmes, lançados semestralmente ao mercado, que não ofereça, pelo menos uma vez, um busto despido, às ávidas platéias de nossos cinemas.

O que resulta? Calamidade! Haja vista o ocorrido em Banhos de Deus, pitoresca estação de águas do litoral capixaba, cujo único cinema exibia, de certa feita, película de procedência estrangeira. A alturas tantas, uma das atrizes apresenta-se despida, driblando, destarte (seja por cochilo dos responsáveis, seja por influência dos trustes), a tesoura censorial. E por mais de três quartos de décimo de segundo ilumina a tela em todo o radiante esplendor.

O desvario provocado na pacífica platéia de fazendeiros, militares, comerciantes, colonos e donas de casa foi o mais completo, como é fácil imaginar. Algumas das senhoras levantaram-se aos gritos, respeitáveis cavalheiros tiravam os sapatos, socavam os vizinhos, arrancavam os cabelos; o juiz de paz, o venerando macróbio Dr. Osório Costa Paiva, figura respeitabilíssima, pôs-se a uivar e a dar pinotes pela sala, berrando: VIVA LAS VEGAS. As crianças choravam; dois ou três cachorros adormecidos em pontos vários da platéia acordaram latindo e mordiam quem chegava perto; o delegado Gonçalves Mesquita agrediu uma senhora a dentadas; duas solteironas que moravam em Esguicho, localidade vizinha, e que tinham vindo visitar suas primas, morreram de enfarte; um soldado de polícia deu oito tiros para o alto, fazendo desabar grande parte do reboco; lá fora animais de espécies várias: burros, bestas, muares e bovinos, puseram-se a mugir, a zurrar, a relinchar e a escoicear, arrancavam-se de seus cabrestos, desembestavam pela rua principal, ida e volta, em doida tropelia; um velho Ford, de 1934, que servia como depósito de caixas, que nem motor mais tinha, engrenou uma segunda e saiu a 70 km por hora, sem ter quem o dirigisse, e foi direto ao encontro do Padre Meneses, que vinha da novena juntamente com oito beatas, as quais foram todas atropeladas, enquanto o Ford enveredava pela estrada de Belo Horizonte, sem dizer: água vai... Enfim, um bafafá. Não tivesse o Dr. Astério de Moura arrancado o filme a muque e metido em seu lugar, com a pressa de quem vê o mundo acabando, uma nova versão de *A Vida de Cristo*, protagonizada pelo popular ator Jesus Ruas (estávamos no limiar da Semana Santa), talvez não sobrasse ninguém para contar a história.

O pior deste monstro alado, a MULHER NUA, é que ela não se satisfaz somente com calamidades públicas, mas se vê impelida, por sua voracidade infrene, a devastar também as almas individuais, e nutrir-se de seus escombros. Não queremos, portanto, encerrar nossas considerações sem antes apontar, como dos mais lastimáveis, o caso do menor A. A. drama que todos conhecem, pelo destaque que recebeu na imprensa, mas que todos, naturalmente, já esqueceram, dado que já há mais de três dias os jornais não falam nele.

A. A. espírito cândido como seu colega L. M. de quem falamos há pouco, acreditava que as mulheres andavam sempre vestidas, a ponto de associar à palavra MULHER a palavra VESTIMENTA. Sendo um moço de alma pura e espírito bem formado, jamais assistiu a um filme impróprio para menores de dezoito anos, enquanto não atingira esta florida idade. Seu mal foi justamente isso: um belo dia A.A. completa os dezoito anos, mete-se no cinema, e não é que o filme era francês, e a imagem da MULHER NUA atinge-o como uma bofetada? Céus! Então era verdade o que os colegas sussurravam à socapa, com o rosto deformado pelo sorriso da malícia. A mulher, debaixo daquelas roupas todas, era, de fato, nua. Mas então... então... TUDO ESTAVA ERRADO.

A. A sai do cinema como um doido: o mundo não é nada disso, os homens são uns hipócritas, as mulheres todas vigaristas, a polícia é um antro de corrupção, a alta administração do país não é nem alta, nem administração, nem país ...

"Cheguei em casa (relata ao repórter), caí prostrado sobre a cama, e chorei amargas lágrimas de nojo e desilusão. Perdera a fé no mundo, na existência.

Depois, girando os olhos para o teto, e acendendo um Luís XV, o cigarro dos que sabem gozar a vida, resolvi suicidar-me. Faltava contudo, o meio. Considerei os vários expedientes usáveis e concluí que deveria matar-me com algo que fosse eminentemente representativo de nosso tempo, a fim de que ficasse bem patente o meu protesto. Resolvi, pois, matar-me pela televisão. E como matar-me pela televisão? Só havia uma maneira: assistindo a um dos seus programas.

Fui até a sala, liguei para um programa infantil de grande índice de popularidade. E desde o início, comecei a sentir-me mal: o pulso andava pelos cento e vinte, a cabeça estourava de dor, eu tinha ânsias e dores pelo corpo: quando recomeçaram os anúncios no meio do programa, estava certo de que ia morrer. Deitei-me, para que a morte pudesse surpreender-me em posição mais cômoda, porém minha natureza é forte demais: após algumas horas de profundo mal-estar percebi que continuava vivendo. Quase morri de ódio. Saí para a rua disposto a terminar com a vida de qualquer maneira, e adiante vislumbrei uma dessas filas que vendem alimento para o povo. Não me lembro se era a fila da carne, do feijão, de empréstimo para funcionários ou de pagamento para aposentados e inválidos do Ministério da Fazenda. Sabia (pelas camas, cadeiras, geladeiras, armários, mobiliário em geral, que acompanhava cada membro da fila) tratar-se de uma dessas que duram quatro semanas e nas quais se morre de inanição e insolação. Coloquei-me por detrás de um cavalheiro, que viera com seu canário, e esperei. Pois bem, qual não foi meu desapontamento ao descobrir que se tratava de uma fila de ônibus, e que não precisei esperar nem oito horas e já o ônibus despontava.

Desesperado, não sabendo como daria cabo de mim mesmo, dispunha-me até a recorrer a um meio banal, quando deparei com uma volumosa força de polícia, armada de 7 tanques, 45 morteiros e 103 cavalarianos, que se preparava para investir contra casais de namorados da Zona Sul. Mais do que rápido, bati um telefonema para a minha namorada, pendurei-me num bonde, e fui encontrá-la numa pracinha do Humaitá, onde nos aboletamos à espera dos fatos.

E o que aconteceu é o que acontece sempre que a polícia sai em campo para defender os interesses do cidadão: estou aqui no hospital, enfaixado até o queixo, mas com vida, e satisfeito de não ter morrido. Quem escapa do que eu escapei: MULHER NUA, fila da carne, censura, trânsito, e polícia, deve ter um santo muito forte e com certeza está sendo preservado para mais gloriosos destinos.

Logo que me derem alta, pretendo aliar-me ao partido que se encontrar no Governo e dedicar-me à minha pátria e aos humildes. Desde já, prometo defender o interesse dos que estiverem no poder, seja pela força das armas, seja pela força do dinheiro, seja, simplesmente, pela força. Espero assim tornar-me um exemplo digno de ser imitado pela mocidade de minha terra."

## Tudo que é bom acaba

Não houve, em tão breve artigo, possibilidade de enumerarmos todos os meios capazes de concorrer para o incremento da delinqüência juvenil em nosso país. Contudo, esperamos ter chamado a atenção das autoridades, dentro de um espírito sadio de crítica construtiva, para o que falta realizar. Não podemos ainda, na verdade, competir com a guerra das gangues que se realiza nas ruas de Nova Iorque ou de Chicago, nem com a fama dos *teddy-boys* ou dos *beatniks*, mas seria injusto negar o que já realizamos num tempo relativamente curto. Apesar das falhas apontadas com um máximo de isenção, ninguém negará que nossa mocidade delinqüente já se vai constituindo sobre alicerces firmes, apesar dos argumentos dos eternos pessimistas, apesar dos espíritos subalternos, que só se deixam impressionar com o que vem do estrangeiro.

Prossigamos, portanto. Tenhamos fé na nossa maneira de resolver a nossa realidade: insistamos nos métodos atuais de tratar o menor; sigamos o fecundo exemplo que nos dão os mais velhos e aqueles em posição de mando que em pouquíssimo tempo atingiremos um índice de deliqüência juvenil com o qual não teriam ousado sonhar sequer os mais utopistas.

# Meu tipo inesquecível ou Como ser surdo, mudo, paralítico, hemiplégico, cego e, contudo, feliz!

# Meu tipo inesquecível ou Como ser surdo, mudo, paralítico, hemiplégico, cego e, contudo, feliz!

*O relato a seguir recebeu de nossa redação o prêmio mensal de 36 dólares, o qual já foi remetido ao seu autor:*
*Dr. Phillip Phelps*
*1937 Maypole Road*
*Greenich, Mass.*
*Por motivos óbvios, Dr. Phelps, conhecido médico naquela pitoresca localidade nova-anglense, ocultou, sob pseudônimo, a identidade de sua heroína. Isto, contudo, em nada diminui o magnetismo da personalidade dela, nem torna menos reais os fatos dramáticos referidos a seguir.*

Trecho da carta do
Dr. Phelps à Revista Senhor:

*Mariana M. foi a pessoa que mais me impressionou até hoje. Seu exemplo, os contatos pessoais que mantive com ela, influenciaram de maneira decisiva a minha vida e serviram-me de incomparável fonte de inspiração.*

*Na esperança de que outros também possam inspirar-se na existência generosa e fecunda de Mariana M. é que me proponho a traçar-lhe o retrato singelo.*

*Mariana foi uma mulher excepcional em todos os sentidos.*

Mariana era uma moça linda, de cabelos louros, pele aveludada, mãos longas e finas, mas que nascera com um defeito físico terrível: era surda e muda e, além disso, cega. Adquirira também, logo nas primeiras semanas de sua existência, um mal misterioso que a tornou paralítica e, mais tarde, levemente corcunda.

Além de tais desvantagens, capazes de causar tremendo complexo mesmo em pessoas consideradas de caráter forte, Mariana teve um começo de vida bastante duro: muito cedo (quatro meses de idade) perdeu os pais, os avós e muitos outros parentes, quanto um FHC-7 da *South American Airlines Transportation* chocou-se, nas vizinhanças do aeroporto do Rio de Janeiro, com um pequeno bimotor militar, manobrado por um cadete em treinamento. Investigações posteriores demonstraram que a culpa era toda da equipe do FHC-7, cujo comandante, várias vezes condecorado, tinha apenas cem mil horas de vôo. Isso, no entanto, em nada compensou a perda de Mariana, que foi assim obrigada, desde a mais tenra idade, a trabalhar para o seu sustento e ainda custear a educação de duas irmãs mais moças. Vendia jornais, era empregada como garçonete num restaurante e, à noite, estudava, dando ainda aulas particulares às colegas menos adiantadas.

Os defeitos físicos que mencionamos não impediam Mariana de entregar-se a tais atividades: inteligente como era, encontrara maneiras engenhosas de resolver os pequenos problemas do cotidiano. Assim, por exemplo, sendo paralítica das pernas, movia-se, no exercício de suas funções de *garçonete*, numa cadeira de rodas, e com tal habilidade, que conseguia, ao mesmo tempo, fazer o serviço de três ou quatro moças, disparando da copa para a cozinha e daí para as mesas, numa velocidade superior a quarenta milhas horárias. (Duas vezes foi multada por excesso de velocidade, tendo porém o juiz relevado a pena por tratar-se de pessoa que tinha dependentes.)

A localização das mesas também não representava problema para Mariana: embora fosse cega, um aparelho contra surdez melhorou bastante sua percepção, e o resto foi resolvido por um engenhoso sistema de fitas amarradas a cada mesa, e que iam terminar em sua cadeira de rodas. Assim, quando um freguês desejava chamá-la, bastava puxar a fita correspondente, que Mariana desembestava na direção do puxão.

Atendia a todos com o mesmo sorriso no lábio (o outro não funcionava por causa da paralisia) e, embora muda, Mariana aprendeu a emitir sons que lembravam muito os sons da fala humana ou, conforme fosse, os emitidos por certos animais. (Em dada ocasião quando participava de um acampamento de escoteiras, saiu a passeio, e, pondo-se a cantar, atraiu a atenção de um tatu de tamanho médio, que se pôs a segui-la insistentemente, tentando, durante um longo percurso, puxar conversa com ela.)

Mariana procurava sempre ver o lado bom das coisas. Sendo cega e surda, considerava-se, contudo, muito feliz, pois tinha excelente olfato e muito tato, sendo por isso estimadíssima por suas colegas, constituindo-se numa verdadeira *public relation* e representante delas junto aos patrões e entidades de classe. Isso lançou-a, desde cedo, na vida pública e política.

Aos vinte anos formou-se em línguas clássicas e literatura comparada. Falava corretamente o hebraico, o aramaico, o sânscrito e o braille. Conhecia a fundo o inglês, o francês, o alemão, o italiano (trabalhara dez anos num restaurante italiano). Aprendera a distinguir a cor das coisas pelo olfato e o som das coisas pelo tato. Tornara-se uma moça de beleza radiosa, de nariz levemente arrebitado e longas pestanas. O tempo abrandou a paralisia do lábio inferior, e já lhe era possível sorrir completamente para o lado esquerdo.

Nesta época conheceu um rapaz – físico invulgar – chamado Herbert, que veio a revolucionar alguns dos conceitos básicos ligados à Entropia e aos campos eletromagnéticos a baixas temperaturas. Herbert era, igualmente, capitão do time da universidade. Ele despertou em Mariana a paixão pelos esportes e pela Física Atômica.

Servindo de assistente a Herbert, Mariana passou a ser, em pouco tempo, uma das maiores autoridades em prótons de carga negativa, apesar de sua juventude. Chegou mesmo a descobrir, nesse terreno, uma partícula de considerável importância, que não tinha peso, nem volume, nem carga, nem massa, nem nada. Não seria, na verdade, coisa alguma, se não fosse uma partícula extremamente importante neste universo complexo e misterioso que é o átomo.

Tal descoberta granjeou-lhe considerável prestígio no mundo da ciência, devido, principalmente, às condições em que foi feita. Pois Mariana percebera, exclusivamente pelo seu olfato apurado, determinadas radiações invisíveis a olho nu, insípidas e inodoras, que deixavam um rastro ainda mais imperceptível na câmara de propano. Esta câmara, como sabemos, é uma câmara sem praticamente nenhum contato com o mundo exterior, como certas pessoas.

Confrontando os dados assim obtidos com os do sábio russo Poliakoff, que já em 1934 pressentira a existência desta partícula, Mariana comunicou sua descoberta à *Royal Academy of Science* e à Fundação Rockefeller. O corpúsculo recebeu o nome de *Pólion-Alfa* e Mariana uma considerável doação da supramencionada Fundação.

Herbert e Mariana casaram pouco depois, sendo que no segundo mês de casada, Mariana já tinha três filhos (adotivos). Isto, contudo, em nada lhe abateu o ânimo ou suas energias, que agora se voltavam, com grande intensidade, para o setor de obras sociais. Em pouco tempo Mariana via-se eleita vereadora e candidata à prefeita de Greenwich. Então sua fama já ultrapassara fronteiras; o trigésimo-segundo aniversário de Mariana foi comemorado com cartas vindas de todas as partes do mundo, mensagens de personalidades famosas, escritores célebres, grandes criminosos, etc. E foi justamente nesta época, que prometia ser a mais fecunda de sua vida, a poucos dias das eleições, que a morte a surpreendeu na forma de um lamentável acidente. (Morte é modo de dizer, como se verá a seguir.)

Mariana havia-se iniciado como aprendiz de piloto de aviões a jato; seu tato e seu olfato, a esta altura dos acontecimentos, haviam-se desenvolvido a ponto de ela adquirir uma visão muito superior à média dos pilotos. O desastre, portanto, não foi causado por inabilidade dela, e sim pela imprudência de um mecânico que, ao *checar* as condições do aparelho, distraiu-se e fez uma ligação errada qualquer.

(É sabido que os aviões a jato possuem muitos fios no quadro de controle, e muitos destes fios ninguém sabe ao certo onde vão desembocar. Uma troca de tais fios pode ser fatal, e foi o que aconteceu com Mariana.)

Ao ligar o contato e iniciar a corrida na pista, o aparelho explodiu com inusitada violência, lançando Mariana, com sua cadeira de rodas, a uma altura de dois milhões de quilômetros, fora, e, portanto, para muito além das camadas rarefeitas da atmosfera.

Mariana, colocada destarte entre dois campos de gravitação, e não sabendo por qual dos dois optar, acabou transformando-se em satélite da Terra, percorrendo em sua cadeira de rodas uma órbita semi-elíptica, que se completa em cada oito horas e trinta e quatro segundos.

À sua volta, como os planetas à volta do sol, giram pequenas partículas do aparelho que explodiu: parafusos, velas, carburadores, um relógio de cabeceira, uma saboneteira, um ponteiro, uma capa do *Time* com o retrato de Frank Sinatra (registrando a data da explosão) e outras miudezas.

Mariana, apesar das condições precárias em que se encontrava, conseguiu, graças à sua tenacidade e espírito de iniciativa, sobreviver a tudo isso, sendo assim o primeiro homem a habitar o espaço, confirmando a profecia de Nostradamus:

*"Homo hoc spatiae supervenientes mulier tamen"*, o que quer dizer: "O primeiro homem a habitar o espaço será uma mulher".

Com uns restos de peças ao seu alcance e um pouco de paciência, Mariana logrou construir um pequeno aparelho de teletransmissão, através do qual emite dados importantes sobre condições estratosféricas, raios cósmicos, meteoros e outros corpos celestes. Ao mesmo tempo, passou a receber notícias da Terra, e soube assim que conseguira, por larga margem, vencer as eleições, obtendo igualmente maioria na Câmara Municipal.

Não havendo impedimento de prefeito exercendo suas funções executivas do espaço, o Supremo deu ganho de causa à Maioria, e Mariana tomou posse pelo teletransmissor, dirigindo as secretarias através do rádio, mantendo também, por meio de ondas, contato com o Legislativo e os diversos chefes políticos. Em seu primeiro ano de governo deu início a obras importantes, construiu uma escola, uma barragem, e equilibrou as finanças.

Além das mensagens administrativas e informações científicas, Mariana envia, igualmente, todas as noites, recados à família, conselhos aos filhos, com os quais conversa muito, e também com o marido, de quem tem muitas saudades. Dá, ao mesmo tempo, ordens às empregadas, supervisiona os trabalhos da casa, verifica se tudo está limpo e em ordem e faz as contas no fim do mês.

Estas atividades tomam muito de seu tempo, mas servem para diminuir um pouco a solidão em que Mariana se encontra lá em cima (ou lá embaixo, conforme a posição da Terra), pois são raros os seres com que se pode entreter no espaço: vez por outra algum cachorro, enviado pela União das Repúblicas Socialistas Soviéticas, ou alguma cobaia vinda de Nova Jersey. Já apareceram, igualmente, símios, passageiros de um projétil inglês, um gato brasileiro, que ficou pouco tempo, e um pombo de origem desconhecida.

Mariana pode ser vista todas as noites de lua minguante, no hemisfério sul, entre 19:30 e 0:45 horas, sob a forma de um queijo triangular com um buraco na face sudeste (alguns dizem que é cratera e discutem se Mariana é habitada ou não) e no hemisfério norte, nas noites sem Lua, sob a forma de um tinteiro. Telescópios poderosos distinguem os objetos que giram à sua volta, a capa do *Time* com Sinatra, que dá cinqüenta e sete voltas ao redor de Mariana, em cada vinte e quatro horas. Por ocasião dos equinócios de março e setembro, Mariana entra em eclipse e passa algum tempo na sombra da Lua. Nesta época é mais difícil o contato com ela, e Mariana se aproveita da oportunidade para tirar férias, descansar um pouco, ler livros que não tivera tempo antes, etc.

No Natal passado um foguete espacial levou até Mariana caixas e mais caixas de víveres, nozes, passas, avelãs, castanhas, vinhos, e uma pequena árvore de Natal que acende ligando a tomada.

O desenvolvimento da astronáutica faz prever que Mariana possa ser recolhida dentro de uns dez, doze anos, e trazida de volta à Terra, quando então será recebida, certamente, com as mais entusiásticas manifestações por parte dos povos que habitam aquele aprazível planeta.

Entrementes, continua em órbita, na sua cadeira de rodas, mandando suas mensagens celestiais ao Legislativo, recomendações à família e a todos os seus, e dados meteorológicos. Mariana constituiu-se, pela sua força de vontade e capacidade de adaptação, em esperança para todos aqueles que desanimam diante de obstáculos e julgam que jamais poderão ser um VENCEDOR. Mariana é o desmentido flagrante de tudo isso. Mãe extremosa, dona de casa exemplar, administradora de tino, Mariana recebeu há pouco sua consagração definitiva: depois de ser eleita MÃE DO ANO, foi também escolhida, pela Associação Mundial dos Cronistas Femininos, COMO A MULHER QUE MELHOR SABE CONCILIAR SEUS DEVERES DOMÉSTICOS COM SUAS ATIVIDADES PROFISSIONAIS.

# O presente de Natal

# O presente de Natal

## *(Alguns subsídios para sua definição)*

### I

1 – O presente de Natal, como o nome indica, é um presente que as pessoas dão umas às outras por ocasião das festividades do Natal.

Estas festividades são celebradas, na maioria das vezes, no mês de dezembro; registram-se, porém, de quando em quando, exceções.

Uma destas ocorreu durante o cerco de Constantinopla, quando, por temer-se que na data tradicional os turcos já estariam de posse da cidade, o Natal foi celebrado em outubro. Outra deu-se em Conceição do Capim, Estado de Minas Gerais, quando, devido ao atraso do abono, o Natal acabou sendo celebrado em junho, realizando-se, em conseqüência, naquele ano, dois Natais: o de junho, ou seja, o Natal de São João, e o de dezembro, ou seja, o Natal propriamente dito.

2 – O presente de Natal vem geralmente sob a forma de embrulho para presente, podendo, contudo, assumir aspectos menos convencionais, quais sejam: uma herança, uma promissória paga em tempo, um bilhete premiado, um primogênito, um telefone, um amigo nomeado para dirigir a

Carteira Hipotecária da Caixa Econômica ou para presidir o Banco do Brasil, S. A.

3 – O presente de Natal convencional, ou seja, aquele que vem embrulhado para presente, é entregue no dia de Natal, ou na véspera, e desembrulhado no ato da entrega. Esta operação é geralmente coletiva, ou seja, realizada por muitas pessoas ao mesmo tempo, sendo acompanhada da emissão de sons vários do tipo:

– Oh!

– Ah!

– Não precisava tanto, muito obrigada.

– Feliz Natal!

E de gestos como o abraço, o beijo, e levar o copo à boca.

4 – Os homens esperam receber como presente de Natal alguns dos seguintes itens: salários fabulosos, carros imponentes, postos importantes, prestígio invulgar, poder imenso, admiração dos outros homens, amor de muitas mulheres, juventude eterna.

Recebem, em geral, abotoaduras, cintos, carteiras de couro, gravatas, canetas, lenços, água de colônia e loção para barba.

5 – As mulheres esperam receber, como presente de Natal, alguns dos ou todos os seguintes itens: jóias estonteantes, carros bonitos, fáceis de guiar, perfumes muito raros, vestidos de modelo único, dotes infinitos de sedução, amor-admiração-fidelidade irrestritos de todos os homens, empregadas perfeitas, babás impecáveis, filhos que não dão o menor trabalho, juventude eterna.

Recebem, geralmente, bolsas, meias, lenços, bijuterias, bibelôs, artigos de toucador, perfumes, cortes de vestido, óleo para bronzear a pele.

6 – As crianças recebem brinquedos, material escolar, roupas, artigos úteis em geral, lições de moral e licença para ir dormir mais tarde.

Gostariam de receber: televisão dia e noite, não ter de ir para a escola, não ter de lavar as mãos antes das refeições, não ter de ouvir lições de moral, poder ouvir aquela conversa que os adultos têm quando as crianças são mandadas para a cama, poder ir para a cama mais tarde, sempre.

7 – A instituição PRESENTE DE NATAL torna o Natal a festa mais linda e mais alegre do ano, excetuando-se o carnaval, o São João, a Semana Santa, o Dia de Finados, o Sete de Setembro, o Quinze de Novembro, a estação de águas ou férias em Nova Friburgo.

## II
## Para se dar um presente de Natal é preciso:

a) Natal. (A época do ano, como vimos, pode variar.)

b) Vontade de dar ou obrigação de dar.

c) Alguém a quem dar. (Condição, em geral, a mais simples.)

d) Dinheiro. (Condição, em geral, a menos simples.)

e) Lembrança de comprá-lo antes do dia 20.

f) Vitalidade, arrojo, iniciativa e preparo físico para chegar na frente de 1.850 pessoas que querem o mesmo artigo. (Especialmente depois do dia 20.)

g) Doze horas de espera para ser atendido pela vendedora. (Recomenda-se levar farnel e garrafa térmica.)

h) Mais doze horas para esperar junto ao balcão de embrulhos (para presente).

i) Caráter e força de vontade para não ficar com o presente, dando ao presenteado, à última hora, um de valor bastante inferior.

j) Entregar o presente certo à pessoa certa. Presentes trocados podem, por vezes, precipitar crises familiares muito graves. Recomenda-se aos chefes de família, que o forem de duas, três, sete ou mais, que mantenham, nesta época do ano, fichários perfeitamente atualizados.

## III
## Sugestões para presentes de preço acessível à média da classe média:

*De esposas para esposos:*

Uma poltrona.
Um guarda-chuva.
Um par de óculos escuros.
Camisa com monograma, especificando o estado civil. (Por exemplo: L. F., casado; ou, M. V., casado; ou J. S., casado; ou, A. N., casado; etc.)
Cuecas com monograma, especificando o estado civil. (Vide acima.)
Lenços com monograma, especificando o estado civil. (Idem.)
Um abajur.
Um porta-retrato, para colocar o retrato da esposa e dos filhos. (Aqui também é necessário cautela para que se coloque sempre o retrato certo no lar certo. Equívocos a este respeito podem determinar observações e reparos em nada condizentes com a maior festa da cristandade.)

*De esposos para esposas:*

Uma geladeira maior, nova.
Móveis novos ou
Estofamento novo nos velhos.
Cortinas novas.
Pintura nova no apartamento ou
Um apartamento maior, novo.
Dinheiro.

*Presentes para o rapaz solteiro:*

Um binóculo de ver vizinha.
Uma assinatura anual para o *Sacha's*.
Um projetor de 16mm com

Filmes não-censurados (de procedência francesa) para o dito projetor.

Um fichário de pôquer.

Um aumento.

*Presentes para a moça solteira:*

Uma aliança.

# Eu fui um telespectador

# Eu fui um telespectador

*(Numa gentileza das Casas da Banha e dos Biscoitos Piraquê)*

## Introdução

Cansado dos livros de Júlio Verne e das leis de Boyle-Mariotte, o homem do século XX inventou, em rápida sucessão: a matéria plástica, o pneu sobressalente, o desodorante, o desastre de avião e a televisão.

Destes, o único capaz de transmitir imagens a longa distância é a televisão. Foi, aliás, inventada exatamente com esta finalidade.

Contudo, enquanto o desodorante, o pneu sobressalente, a matéria plástica têm largo e eficiente uso na indústria; enquanto o desastre de avião encontra empregos cada vez mais importantes e variados na aviação comercial, a televisão não achou ainda aplicação para sua habilidade de transmitir imagens a um ponto que as próprias imagens não seriam capazes de pensar.

Aliás, a imagem, como sabemos, é um ser singelo, modesto, desprovido de maiores recursos: sozinha, ela nunca se transmitiria a lugar nenhum. E é exatamente esta falta de iniciativa da imagem que traz maiores perplexidades à televisão, que fica sem saber qual imagem transmitir primeiro, quando e por quê.

Acresce que a televisão não só transmite, mas ainda fabrica as imagens que transmite, concorrendo, destarte, com fabricantes de imagens estabelecidos há mais tempo, quais sejam: o artista plástico, o daguerreótipo, os jornais da tela de Herbert Richers, a revista *Luluzinha*, a própria Revista SR., a natureza, a realidade, a imaginação, a alucinação, a bebedeira, o esgotamento nervoso, e outras instituições de reconhecida utilidade pública.

E embora um delírio, um pesadelo, uma crise de esquizofrenia desencadeiem na mente humana imagens deformadas, alongadas ou achatadas, em traços horizontais ou verticais, em silhuetas ou em duplicatas, enquanto a televisão apresenta imagens inteiras, luminosas, definidas, nítidas, ainda assim a incerteza é total quanto ao destino que deva ser dado às imagens assim formuladas.

O presente estudo procura, portanto, numa tentativa de colaboração construtiva, perscrutar os porquês da TV, propondo-lhe, desde logo, algumas razões que justifiquem sua existência. Aí vão elas:

## II
## As finalidades da televisão

1) DAR EMPREGO ÀS PESSOAS QUE TRABALHAM NELA.

Finalidade nobre, sem dúvida, embora um tanto limitada.

A televisão é, hoje em dia, uma indústria muito poderosa, fabricando e transmitindo imagens, dia e noite, com entusiasmo. Não seria justo que tantas pessoas ficassem, de uma hora para outra, sem emprego. Daí concluirmos, como já o fizeram alguns economistas ingleses, que a TV existe para dar trabalho às pessoas que trabalham em TV.

2) DAR A TODOS A IMPRESSÃO DE QUE VIVEMOS NUM PAÍS CIVILIZADO.

A televisão, assim como a democracia, é uma das grandes conquistas da civilização. Onde há televisão há civilização, e onde há civilização há sempre um país civilizado, ou seja, uma democracia. Isto se verifica especialmente em épocas de crise política e social, quando então a TV tem a mais ampla liberdade de transmitir informações, como se viu recentemente em conhecido país civilizado da América Latina.

3 ) PRESERVAR A FAMÍLIA.

A família, como é notório, vive ameaçada de não-preservação, nestes dias tumultuosos que correm. É a inflação, é o trânsito, é a necessidade de ganhar dinheiro, é a dissolução dos costumes, etc.

À noite, quando a família se reúne em torno da mesa de jantar, tende, naturalmente, a desabafar as tensões do dia uns nos outros. Ao invés, porém, liga-se a televisão, e pronto:

Um diz: "Que porcaria!" Outro diz: "Que droga de programa!" O terceiro diz: "Procura outra coisa." O quarto diz: "É tudo a mesma bomba."

Assim as tensões são descarregadas, e se cria um ambiente cordial onde todos confraternizam no mesmo ódio. E a família permanece *unida*.

4) DIFUNDIR O SORRISO.

Uma das contribuições mais notáveis do gênero humano para o progresso da Cultura é o sorriso. E o sorriso, felizmente, é das coisas que mais amiúde aparecem na televisão, perdendo apenas para o chiado e para a sombra do *boom*.

Raras são as pessoas que postas diante de uma câmara de televisão não esbocem, imediatamente, um sorriso. É o que torna a televisão um veículo cultural por excelência. O sorriso, em geral, é logo seguido de um elogio, pois o elogio em televisão é item quase tão freqüente quanto o sorriso. Não há momento em TV que não nos mostre uma sucessão alegre e animada de homens e objetos, ou mulheres e objetos, ou crianças e objetos, ou homens, mulheres, crianças e objetos, ou objetos e objetos, todos elogiando-se com notável afã.

Por exemplo: em programa recente, tivemos oportunidade de assistir a um gravador, que passou uns bons dez minutos elogiando outro gravador que se encontrava ao seu lado e que não dizia nada. Contudo, o silêncio expressivo deste segundo gravador bem mostrava a enorme satisfação que lhe ia, naquele momento, no rolo.

Na mesma oportunidade assistimos a um cavalheiro que durante duas horas não fez outra coisa senão elogiar objetos que iam desfilando à sua frente. Deu, destarte, prova de grande generosidade e falta de vaidade, porque, durante todo esse tempo, não falou uma só vez de si mesmo. Diga-se de passagem que os objetos, embora inanimados, também se mantiveram à altura, conservando o ar de delicada modéstia que devem aparentar as pessoas de boa formação, quando estão sendo elogiadas.

Tudo isto é bem animador, e o sorriso e o elogio muito poderão contribuir para o estreitamento das relações entre pessoas e pessoas, entre objetos e objetos, e entre pessoas e objetos. Contudo, urge desde logo chamar a atenção de todos para um grave perigo que muita gente ainda não percebeu. Abrimos um capítulo à parte para este brado de alerta.

## III
## Brado de alerta
## ou
## Os perigos de intimidade excessiva entre pessoas e objetos

Embora os objetos possam ter suas virtudes, como todo mundo, é preciso atentar nas relações demasiado cordiais entre seres humanos e alguns objetos que, muitas vezes, nada têm de humano. E é justamente diante das câmaras de televisão que o problema se torna crucial.

De uns tempos para cá, um grande número de mocinhas, ávidas de subir depressa na vida (como se a vida fosse um lotação da linha Praça Duque de Caxias-Leblon, via Lagoa) vem tratando geladeiras que mal conhecem, enceradeiras que a cinco minutos atrás ainda não tinham visto, com a sem-cerimônia e a intimidade de velhos amigos.

Não somos puritanos; aceitamos que os costumes tenham mudado, que as pessoas possam hoje desfrutar de maior liberdade sexual que no tempo das bacanais de Calígula ou dos cortesãos da Regência. Contudo, desaprovamos veementemente noivados entre mocinhas, afinal de contas inexperientes, e liquidificadores ou máquinas de lavar, mesmo quando de boa marca. Estes noivados têm, em geral, um fim melancólico, e servem apenas para incrementar os desquites, contribuindo para a dissolução da família.

Mencionaremos como exemplo o caso daquela mocinha, até simpática, que contratou noivado (com aliança e tudo) com uma liquidação total de *Ao Mercado das Sedas*, sito à Rua Marechal Floriano, pertinho de *O Dragão*.

A liquidação, que nos primeiros dias mostrara-se um sujeito cativante, grande papo, boa praça à beça, tanto que a mocinha não cessava de louvá-lo abundante e diariamente na frente das câmaras de TV, depois de algum tempo rasgou a fantasia e revelou-se rabugento, desconfiadíssimo, atormentado de um mórbido ciúme.

Não queria que a mocinha saísse, não queria que se pintasse, que conversasse com as amigas, que freqüentasse a vesperal das moças, às quintas-feiras, nos teatros (VAMOS AO TEATRO).

Fazia cenas terríveis, dava escândalos, ameaçava matá-la. Enfim, tornou a vida dela um verdadeiro inferno.

Transida de terror, Zenaide – pois assim se chamava a mocinha – já não dava um passo fora de casa, nem para buscar pão que às vezes a mãe precisava. E foi-se definhando, definhando...

Por sorte, as liquidações têm, de modo geral, uma existência breve, e o noivo de Zenaide não constituiu exceção à regra. O próprio *Ao Mercado das Sedas* encarregou-se de liquidar (a um pedido da mãe de Zenaide) a liquidação que tinha criado, e assim, felizmente, a mocinha ficou livre de vez, embora consideravelmente traumatizada.

Outro caso, não menos triste, foi o da garota-propaganda Nancy, lourinha alegre, que de tanto elogiar um aspirador de pó, acabou loucamente apaixonada por ele.

O aspirador de pó, como sói acontecer, era um sujeito egoísta, que não tinha o menor caráter. (O que, aliás, é bastante comum entre aspiradores de pó. São sujeitos muito úteis, prestam excelentes serviços à dona de casa, mas não têm o mínimo senso de responsabilidade, nem qualquer sentido de gratidão. Parecem-se com gatos.)

O aspirador de pó explorava o amor de Nancy da maneira mais sórdida. Deixava que ela lhe fizesse o cartaz, na televisão, mas não tinha com ela o menor gesto de ternura. Pelo contrário. Tratava-a com aspereza, flertava com outras garotas-propaganda, pintava o sete.

Com o tempo, Nancy, mais sensata que Zenaide, acabou por perceber a realidade da vida; mas, mesmo assim, sofreu um bocado, porque, como sabem todos os leitores de *Servidão Humana*, uma relação amorosa não se desfaz assim, sem mais aquela, mesmo quando o parceiro é um aspirador indigno.

É por isso que somos contra tanta intimidade entre pessoas e objetos. Se fôssemos nós o Sr. Juiz de Menores – o que aliás é um contra-senso: um maior sendo Juiz de Menores; nestes tempos em que as pessoas esclarecidas se batem pela autodeterminação dos povos, o Juiz de Menores deveria ser, evidentemente, um menor – mas fôssemos nós o Juiz de Menores, como dizíamos, estaria já proibida esta excessiva cordialidade que, a nosso ver, faz muito mais mal às mocinhas do que ouvir a palavra *amante* que, como se sabe, a Censura proíbe seja dita na TV antes das dez horas da noite.

## IV
## A televisão existe, ou é um caso de vírus filtrável?

A falta de finalidade da TV e os fenômenos bizarros com ela relacionados, alguns dos quais assinalamos neste breve e despretensioso ensaio, levaram certos cientistas mais cautelosos, partidários desta ficção admirável que se chama o fato, a duvidar da existência da televisão como tal, atribuindo seus efeitos a um vírus filtrável.

Assim, a TV seria uma doença endêmica dos grandes centros urbanos e nervosos, transmitida por receptores que têm antenas, seis patas, élitros, e um grande olho branco que se torna ativo, como os mosquitos, à hora do crepúsculo.

Originária do hemisfério boreal, suas primeiras vítimas teriam aparecido na América do Norte, depois na França, Inglaterra e outros países de Mercado Comum. A TV atacaria principalmente o cérebro e o cerebelo, apresentando a curiosa capacidade de devastar tanto gente viva quanto gente já falecida. Isto, aliás, seria comprovado pelo fato de algumas criações das maiores inteligências da humanidade parecerem transformar-se – quando atacadas pela TV – em fantasias infantis, tolas e sem conteúdo.

De modo geral, as pessoas afetadas de TV passam horas diante do olho branco, julgando vislumbrar aí toda a sorte de imagens fascinantes. E não apenas pessoas, mas também animais domésticos, são suscetíveis à TV, como é o caso de inúmeros gatos, ouriços, tartarugas, canários, papagaios, que acabam tão fascinados quanto os homens.

Um dos animais domésticos que mais gosta de TV é a mosca. Impressionante o número de vezes e a pertinácia com que a mosca costuma aparecer, seja participando das imagens que os pacientes de TV (telepacientes ou telespectadores) pensam enxergar no vídeo, seja ela mesma enxergando-as como telespectadora amiga. O fato da mosca tanto gostar de TV explica-se pela especial preferência que este curioso inseto demonstra pelas coisas em ligeiro estado de decomposição.

Diz ainda o Professor Feldwebel e seus associados (autores do relato à *Royal Academy of Science*) que os casos de TV são ou benignos ou malignos, podendo afetar, além do cérebro, outros órgãos. Temos assim a TV pulmonar (benigna ou maligna), a TV renal, a TV vascular (que ataca a aorta e o pericárdio) a TV do duodeno e a TV ganglionar. A TV óssea é rara; não se conhece, em verdade, nenhum caso.

Certos pigmeus da Austrália e algumas tribos do Brasil Central são imunes à TV. Em compensação, particularmente vulneráveis são as crianças, as donas de casa, as senhoras de certa idade e os débeis mentais.

O paciente de TV, nos casos mais agudos, deixa de alimentar-se, desinteressa-se de tudo que não seja TV, não quer saber mais do trabalho, nem da família, e passa os dias a contemplar o vídeo, à espera dos conjuntos de imagens aos quais dá nomes exóticos como: *Patrulha Rodoviária, Dick Tracy, I love Lucy, Big Lar Show, Clube do Titio, Programação de Amanhã*, e muitos outros.

Nos casos mais avançados, nota-se um esvaziamento geral do cérebro e uma evidente imbecilização das faculdades. O fenômeno é perceptível tanto naqueles telepacientes que pensam que estão vendo, quanto naqueles outros que pensam que estão produzindo as imagens.

## V
## Conclusão

Esta teoria abstrusa, que reproduzimos apenas pelo dever de mantermos nossos leitores atualizados, não expressa, em absoluto, a nossa crença. Para nós, a TV não é uma doença, muito pelo contrário: poderá até tornar-se de grande utilidade, desde que se descubra, o mais cedo possível, para que serve.

Em todo caso, já que um pouco de cautela não faz mal a ninguém, e como dizem que não há fumaça sem fogo, convém que as pessoas que lidam com TV lavem as mãos com regularidade, desinfetem o aparelho transmissor antes de usá-lo, e se alimentem bem, a horas certas, dormindo bastante e acordando cedo para fazer ginástica.

Ao mesmo tempo, fazemos daqui um apelo aos governos, para que gastem menos em armamentos e mais em pesquisas em prol do bem-estar do homem, como esta que possa esclarecer a natureza da TV, sua finalidade, sua razão de ser.

Pois ninguém se iluda: o tempo urge e doença ou não, a TV, mesmo sem saber o que é ou por que foi criada, continua a difundir-se com uma rapidez vertiginosa. Se não atentarmos, em pouco tempo terá se espalhado pelo mundo todo.

Aliás, nisto de não saber quem é nem para que é, mas assim mesmo ir cobrindo a face do universo, a TV se parece muito com uma determinada espécie de mamíferos que nossos leitores certamente conhecem por experiência própria.

# A casa do futuro

# A casa do futuro

*Notícia recente do* New York Times *fala do esforço de arquitetos americanos, procurando revolucionar o conceito de casa. A casa, hoje uma entidade estática, transformar-se-ia no futuro em algo dinâmico, altamente plástico e funcional.*

*Consultamos arquitetos do Rio e São Paulo; escrevemos a diversas organizações especializadas. Podemos, portanto, oferecer aos nossos leitores – num esforço de raciocínio absolutamente inédito na imprensa brasileira – alguns flashes em primeira mão do que será a moradia dos nossos bisnetos em milênio próximo vindouro.*

## I
## A casa é um sólido ou é um fluido

A rigidez, a inflexibilidade da casa terão desaparecido em poucos anos. Em seu lugar – de acordo com o *Architectural Digest* – despontará uma entidade formidavelmente moldável, inteiramente submissa ao comando eletrônico de botões e alavancas.

A palavra chave desta transformação é: MUDANÇA. Tudo na casa poderá mudar, num segundo, desde que o deseje seu dono.

Tomemos a fachada. A fachada da casa do futuro será uma das partes mais metamorfoseáveis. Obedecerá até a caprichos absurdos do proprietário: será, se ele quiser, barroca às duas da tarde, vitoriana às oito da noite, merovíngia ao soar das doze horas, contemporânea e sofisticadíssima de madrugada (com pares dançando no terraço), rústica e campesina ao nascer do sol.

Smith e Ruttiger, especializados na questão *A arquitetura e a Dona de Casa*, apontam – entre muitas outras – duas vantagens grandes da mutabilidade da fachada:

1.a – Defesa Contra Visitas Inoportunas

Ameaçada de visita inoportuna, a dona de casa mudará célere a fachada habitual de sua residência para uma completamente desconhecida. A visita, estranhando o aspecto pouco familiar, irá procurar a casa em outro quarteirão, desistindo eventualmente, ou adiando seu sinistro projeto.

Nota: Este recurso popularizará uma prática hoje completamente inexistente: a de se disfarçar uma casa.

Residências relativamente modestas poderão, quando for época de casar uma filha ou de impressionar um cliente, assumir aparência mais opulenta. Outras, muito ricas, poderão apresentar-se mais humildes, quando se lançar o imposto predial. Pessoas com gosto pela coisa pública darão às suas casas fachadas de ministérios ou de embaixada. Ministérios, quando enfrentarem manifestações públicas visando a aumento do salário-mínimo, assumirão a aparência de simples barracas de feira, etc.

2.a – Castigo de Marido Retardatário

Embora parecendo uma vantagem banal, Smith e seus associados apontam este item como dos mais sedutores para a dona de casa.

Em essência constitui-se do seguinte:

Maridos retardatários são, de modo geral – e por razões várias – seres fatigados. O cansaço não lhes permite dar logo conta do que acontece à sua volta. Entram na rua onde moram, encostam o carro, descem para abrir a porta da garagem, cadê a garagem?

Olham para o portão da frente, encaminham-se para tocar a campainha, cadê o portão? Cadê a campainha?

Concluem que se encontram diante da casa errada: começam a dar voltas pelo quarteirão, pelo bairro, pela cidade. Chega a aurora. Acontece que de manhã, na cidade do futuro, as casas em geral mudam de fachada; já é um hábito. O marido retardatário sente-se perdido, como se fora turista ou estrangeiro. Não sabe onde está, começa a não saber mais quem é. Corre para o telefone. Disca. Mas o número do telefone é mutável como a fachada.

Alucinado, desnorteado, em pânico, começa a bater nas portas das casas, perguntando se é ali que ele mora.

Finalmente, quando já o ameaça o colapso nervoso, o ataque de esquizofrenia, surgem alguns elementos da PEDAMR (Patrulha Encarregada de Dar Assistência ao Marido Retardatário), que o recolhem e encaminham à sua residência.

Conclusão: a plasticidade das casas do futuro, segundo as mais recentes estatísticas, reduziu em 93% a incidência de maridos que chegam tarde em casa.

## II
## O aposento é móvel

O princípio da mudança acabará por estender-se não somente às fachadas – prevê o engenheiro Marigny, correspondente do *Architects & Architected* – mas também aos diversos quartos e aposentos de que se compõe a casa. Problemas básicos de comodidade serão, destarte, solucionados.

Vejamos um problema concreto: crianças, no seu quarto do segundo andar, andam exagerando um pouco a sua natural exuberância. Entretêm-se em demolir o aposento, enquanto, num canto, dois dos irmãos mais velhos massacram o caçulinha.

Tais afazeres acabarão por força perturbando a dona de casa, que se encontra justamente assistindo ao *Teledrama das Cinco* ou *A Hora do Lar*. Contudo, intervém a ação eletrônica. Mediante o impulso de um botão, o quarto desce, uma das paredes se afasta, as crianças são subitamente expostas ao olhar terno mas severo da mãe – que poderá manter, entrementes, o outro olhar preso ao vídeo.

Uma vez sossegadas, o mesmo processo recolocará crianças e quarto ao ponto de partida.

Outras vantagens:

O Quarto de Crianças Móvel, aperfeiçoado, poderá também servir de babá. Suponhamos que à saída do colégio o ônibus encarregado de trazer os petizes esteja avariado.

Os meninos, ao invés de esperarem num bar, consumindo gin-fizz, ou uísque-sour, entrarão direto no quarto que a mamãe mandou buscá-los. E enquanto o quarto percorre num trote dolente o trajeto de volta, os meninos já podem ir mudando de roupa, guardando suas pastas, arrumando-se, de modo a se apresentarem razoavelmente reconhecíveis diante de sua mãe. Corrigir-se-á, assim, um dos grandes males sociais de nosso tempo. Pois hoje em dia, como se sabe, cada menino volta da escola mais sujo, mais despenteado, mais amarrotado, mais amarfanhado que o outro, a ponto de necessitar-se muitas vezes de tirar as impressões digitais para saber se a criança é mesmo daquela casa.

## III
## Os outros aposentos móveis

Segundo Kellog, o princípio da mutabilidade ou da mudança será naturalmente aplicável aos demais aposentos. E não apenas a aposentos, mas também a paredes, elementos decorativos, armários, lustres, etc.

A sala de jantar, mediante pequeno esforço, deixará sua posição habitual, deslocando-se para diante, para trás, para os lados ou mesmo para cima, desde que isto se torne necessário. Poderá expelir visitas retardatárias, depositando-as na calçada; buscar compras no armazém, trocar de lugar com algum outro aposento, etc.

O chão será dócil e obediente, em toda a extensão da casa; levará o morador fatigado ao seu quarto no primeiro andar, transportará enfermos, e assim por diante. O banheiro irá até a quem estiver precisando dele; o almoço será servido, não pela copeira, mas pela copa. Ladrões cairão prisioneiros de paredes móveis ou de armários embutidos, habilmente manejados, que os seguirão, silenciosamente, passo a passo, até o momento de prendê-los.

O princípio da mudança acabará sendo aplicado à casa inteira, não apenas a partes dela: a casa toda poderá deslocar-se. Não a grandes distâncias, é claro, mas o suficiente para abolir, por exemplo, a noção de casa de campo. Pois qualquer casa poderá ser de campo, desde que a transfiram para lá. No verão, cidades inteiras mudar-se-ão para a roça, voltando, a maioria delas, depois do carnaval. O mesmo acontecerá nos fins-de-semana, pelos praticantes de fim-de-semana, que se deslocarão para suas metas sem sair de casa.

Os ladrões, naturalmente, ver-se-ão prejudicados, não tendo mais casas vazias no *week-end* para assaltar. Mas o progresso é assim mesmo, há sempre uma pequena minoria que é sacrificada.

## IV
## A paisagem eletrônica

O ponto mais alto da perfeição dar-se-á depois que se descobrir que, embora admirável, o processo de deslocamento das casas pode ser substituído, com vantagem, por outro.

O método novo baseia-se, segundo Smith, na lei da física-psicológica que diz que o observado é 70% função do observador. Isto, colocado em termos concretos, significa que tanto o jardim que cerca a casa, quanto a paisagem, que é uma espécie de jardim mais amplo, poderão modificar-se de acordo com a vontade de quem os contempla. Assim, o que se avista da casa perderá, aos poucos, qualquer ligação com a geografia local, com o paralelo ou meridiano que passa pela casa. Auroras boreais poderão ser presenciadas de Ipanema; tempestades tropicais do alto dos Alpes Suíços, etc.

O próprio dia e a noite obedecerão à vontade dos homens; uma das cortesias habituais do bom anfitrião será a de servir, juntamente com o prato predileto do convidado, o tempo e a hora de sua preferência. Durante a mesma refeição um convidado avistará da janela: manhã, mar e barcos à vela; outro, ao seu lado, verá a noite com suas estrelas. A noção um tanto banalizadora de almoço ou jantar será assim abolida; as refeições de cerimônia serão animadas por conversas muito mais interessantes: haverá muito mais assunto. Todos hão de querer saber o que o vizinho ao lado vê naquele momento, onde se encontra, o que sente. O que disser será muito mais respeitado por saber-se que seu depoimento corresponde a uma realidade; haverá tantas realidades quanto for o número de convidados.

Tão perfeita será esta manipulação do tempo, do espaço, da paisagem, que no futuro os grandes viajantes, ao contrário de Marco Polo, Fernão Mendes Pinto, etc, serão aqueles que mais tempo passarem em suas casas. E não parecerá em nada absurda a conversação em que um dos interlocutores pergunte:

– Tem viajado muito?

E o outro responda:

– Não; não tenho tido tempo: não paro mais em casa.

## V
## A casa é você

Revendo estes vaticínios, notamos, não sem certo alarma, o rumo ameaçador para o qual parecem convergir. Na busca de oferecer cada vez maior comodidade ao morador, a casa do futuro vai-se identificando mais e mais com ele. Habitante e habitado passam a constituir uma unidade onde, aos poucos, já não se sabe quem é quem; ora a casa parece inteiramente humana na sua sensibilidade de transformar-se, ora o homem parece cada vez mais a sua própria moradia.

Residindo em si mesmo, não tendo contato senão com as coisas que há dentro dele, nosso morador acabará achando que só ele existe, que só ele tem razão, que só dele dependem as coisas, o mundo todo. E o pior é que esse tipo de homem vai-se tornando cada vez mais freqüente, antes mesmo da chegada do futuro.

E é por isso que aproveitamos este despretensioso estudo para fazer um apelo a Smith, Kellog, d'Alençon e seus sucessores: atentem nos perigos da eletrônica, resistam à tentação dos triunfos exclusivamente técnicos, não transformem no tipo de gente acima referido o locatário do porvir. Pois os homens que acham que só eles existem, que só eles têm razão, enquadram-se numa classificação perfeitamente caracterizada e recebem, sempre que possível (quando diagnosticados), uma residência especial. Ousamos esperar, sinceramente – a despeito do caminho que o mundo parece escolher – que não venha tornar-se esse tipo de residência especial a casa da maioria dos homens do futuro.

# O buraco

# O buraco

*(Reportagem em 14 Episódios)*

## OU TESTE DE INTELIGÊNCIA OU CONTO POPULAR

*(Leia com atenção a reportagem a seguir, fixando bem os detalhes. Veja se encontra alguma incongruência. Ao final, um curto questionário medirá seu nível mental, seu quociente intelectual, seu equilíbrio emocional e o grau de estabilidade de seu lar.)*

DOS JORNAIS: RIO, 9 DO II DE 195...
(E O NOME DE CONHECIDO VESPERTINO)

(A notícia começa registrando o aparecimento de um buraco a mais no Rio de Janeiro.)

Acaba de abrir-se na Estrada do Jupira, nas proximidades de Ricardo de Albuquerque, um grande buraco. Sua confecção, iniciativa da Prefeitura, ocupou durante sete dias uma turma de operários nortistas, chefiados pelo Contramestre Abrantes, mineiro de nascimento mas carioca de coração. A finalidade precípua do buraco será de abrigar, o melhor que puder, uma rede de esgotos.

NOTA DO JB – Como se vê, a primeira notícia é do tempo em que o Rio não passava de Capital da República. Faltava muito ainda para tornar-se o Estado Soberano da Guanabara.

DOS JORNAIS: RIO, 9 DO III DE 195...
(E O NOME DE CONHECIDO VESP. )

A Prefeitura abriu o buraco, como vimos, mas, por razões várias, não instalou nada.

SEIS MESES DEPOIS. (MÚSICA, INDICANDO PASSAGEM DE TEMPO.)

RIO, 21 DO IX DE 195...
(NOME DE CONHECIDO V.)

A Companhia Encarregada de Fornecer Luz, Energia, Eletricidade, Bom-Humor, Sorvete, Hora Certa e Cotação do Dólar aos habitantes da cidade em pauta, e movida pelas mesmas razões altruísticas que comandaram a organização anterior, qual seja a Prefeitura, resolveu ampliar o orifício. A referida ampliação visa a instalar no orifício maquinarias elétricas, dutos, cabos, condutores, motorneiros, fiscais, etc.

RIO, 13 DO X DE 195... (NOME DE C.V.)

A C.E.F.L.E.E.B.H.S.H.C.C.D. ampliou o buraco, mas não instalou nada.

ALGUNS DIAS MAIS TARDE.

Alguns dias mais tarde, passava por lá a Empresa Contratada Para Fornecer Gases e Congêneres à cidade acima. Ao ver o buraco, aberto e ampliado, a E.C.P.F.G.E.C. exclamou, álacre e fagueira:

– Mas que buraco bonito! Vou aproveitar para ampliá-lo um pouco e estender alguns canais, tubos e quejandos.

Dito e feito. (RIO, ETC. ETC, N. DE c.v.). A Empresa Contratada etc ampliou o ampliado e instalou exatamente o que os outros tinham instalado, ou seja: nada.

FINALMENTE CHEGOU A VEZ DA

Concessionária de Comunicações à Distância, Extensões, Reinstalações, Ligações Interurbanas, Informações e Queira Desculpar Mas a Linha Está Ocupada. Passou, viu, exclamou, cavoucou, ampliou e nisso ficou.

E AQUI, INTERVALO.

– Como intervalo? –- exclama o Leitor Irritado.

– Sim, meu Amigo, intervalo – responde o Autor Imperturbável.

O cavalheiro se levanta, vai lá fora, bebe água, tira uma linha das mulheres, ouve o terceiro sinal, volta, pede licença, pisa numa porção de pés, senta, toque-toque-toque, o pano abre e o cavalheiro avista ...

– Avista o quê? – prossegue o Leitor Irritado.

– Ora, pois avista naquela beira de buraco que foi aumentado, aumentado, aumentado, o barraco de um cearense, pobre porém honesto. Era a primeira coisa a ser instalada no tal buraco, depois de tantas promessas, reformas agrárias e planejamentos.

Mas quando se diz a primeira, não se diz, naturalmente, a última. Pois, como, se sabe, barraco é igual ao que afirma o poeta: vai-se o primeiro barraco, e depois outro, e depois outro mais, até não ter mais barraco nos pombais.

RIO, ESTRADA DO JUREMA, 9 DO XII DE ETC.
UM FISCAL DISTRAÍDO.

Ora, muito que bem. Lá vai passando um dia, distraído, um fiscal da Prefeitura, pensando nisto ou naquilo, quando, de repente, não mais que de repente, dá um salto para trás e quase morre de susto.

– O que é isto? – exclama. – Pois não é que quase me despencava neste buraco?!

Olha melhor e por pouco dá salto maior. Já não era mais um buraco que ele via, e sim UMA EXTENSA FAVELA que se tinha instalado no buraco e quase se perdia buraco afora (ou adentro, como querem outros) rumo ao centro da Terra.

AGORA UMA SÉRIE DE ELEMENTOS DRAMÁTICOS

Denúncia do fiscal, bode armado, bode armado enfrenta autoridades constituídas em violento corpo-a-corpo, bode armado recebe novas armas da imprensa. Agora voltam à cena as entidades várias, que contribuíram para abrir o buraco. Bode armado transforma-se em problema de *public-relations*, aparentemente insolúvel, que apaixona igualmente juristas, opinião pública, cronista de televisão, humorista de coluna diária, humorista de coluna semanal e demais humoristas locais, cujo número ascende, aproximadamente, a três milhões. A crise pode ser resumida no seguinte *jingle* – gentileza da *Elementary Publicidades*, cujo *jingle* é mais ou menos o seguinte:

"De quem é o Buraco?"

RIO, 14 DO ETC.
*WHO DONE IT?*

A Prefeitura diz que o buraco é dela, porque foi ela quem abriu. A C.E.F ETC insiste que o buraco pode ser da Prefeitura, mas a parte que ela (C.E.F. ETC.) ampliou é dela e, diga-se de passagem, é a parte do Leão, pois que o buraco que a Prefeitura abriu não daria notícia nem em canto da página, mas que agora, etc.

A E.C.P ETC afirma, contudo, que o buraco pode ser da Prefeitura, e a parte do Leão pode ser do Leão, mas a parte que ela ampliou, e que é, de longe, a mais importante, é dela porque, etc. A C.C.A.D ETC, o fiscal, todos querem o seu quinhão, e há ainda o dono da terra, pois que, a essas alturas, já apareceu o dono da terra, reclamando que o buraco é dele, porque a terra é dele e tudo que é da terra, segundo a Lei do Usufruto de Minas, Calcários, e Socialização da Pobreza é, automaticamente, do dono da terra.

CONVULSÃO SOCIAL
RIO, X DO ETC.

Estando as coisas nesse pé, com várias polícias e exércitos de prontidão e com os favelados ameaçando descer o morro, ou seja, subir o buraco, os políticos de facções várias, numa demonstração de alto desinteresse e amor à Pátria, estenderam imediatamente à Favela do Buraco suas campanhas eleitorais. Mencionaremos, entre outros, o caso do candidato Carvalho Undécimo, que instalou, em menos de um mês, uma bica, um grêmio esportivo cultural com uma mesa de pingue-pongue, uma tenda espírita e uma boutique.

E como, de modo geral, cada uma das partes dava razão a si mesma, e como, de acordo com o momento histórico, a situação não amadurecera o bastante para determinar A REVOLUÇÃO, o caso do Buraco acabou explodindo nas mãos do JUDICIÁRIO.

III ATO

Toca o terceiro sinal, voltam os espectadores, Leitor Irritado discute mais uma vez com Autor Imperturbável, pisadas nos pés dos que já sentaram, bala, baleiro, bombons e chocolate, toque-toque-toque, sobe o pano sobre uma manchete de jornal.

NOTA DO JB – O ato a seguir deverá ser lido como uma série de flashes muito rápidos, acompanhado de uma música cheia de impacto, por exemplo: *Cavalgada das Valquírias* ou trechos da Abertura 1812, ou qualquer coisa de Saint-Saens.

Aqui breve noticiário:

1) *Carvalho Undécimo Contrata Advogados, Buraco na Justiça.*
2) *Amanhã: Julgamento do Buraco.*
3) *Hoje: Buraco Julgado.*
4) *Segundo Clichê: Venceram Favelados, Carvalho Undécimo Carregado Em Triunfo. Advogado Apelerá.*
5) *Continua Batalha Judiciária. Apelação no Fim do Mês.*
6) *Apelação em Julgamento. Grande Expectativa, Polícia Em Prontidão.*
7) *E Atenção:*
   *Favelados Derrotados, Espancado o Candidato Carvalho Undécimo, Buraco Irá ao Supremo.*

RIO, ETC DO ETC.

Carvalho Undécimo, derrubado ontem do triunfo no qual tinha sido carregado, tendo sofrido escoriações e hematomas na região glútea direita, declarou à imprensa que...

RECIFE, 21 DO XII

Em sinal de solidariedade com os favelados do Rio, favelados de Recife começam a abrir extensos buracos um pouco acima do Capibaribe, para neles instalarem-se com as respectivas famílias.

E MUITA ATENÇÃO:

Revoltados com decisão apelação favelados começam a abrir buracos em todo o país. Assinalam-se, por enquanto, buracos em Curitiba, Sto. André (Estado de SãoPaulo), Conceição do Capim (Minas), Botucatu (Estado de São Paulo).

BURACOS POR TODO O BRASIL!

FORMAR-SE-Á UM BRASIL SUBTERRÂNEO DIVIDIDO EM ELOYS E MORLOCHS?

O conhecido cronista e humorista A. de Mello aventa hoje em sua muito lida coluna semanal as seguintes possibilidades, caso o problema do Buraco não seja resolvido imediatamente:

A) Grande número de brasileiros vivem hoje no buraco. A estes ameaça juntar-se nova e enorme legião. Muitos dos que vivem no buraco querem sair; outros querem entrar para poder reclamar melhor; outros não querem deixar que os outros saiam.

B) O choque entre as várias correntes poderá degenerar num verdadeiro conflito armado, uma Guerra da Secessão Bem Nossa, proclamando, os que vivem no buraco, um Brasil Subterrâneo Independente, com direito à autodeterminação e voto na O.E.A.

C) Humoristas diários, sem assunto, que fazem brincadeira com as coisas mais sérias, proclamaram hoje uma notícia que certamente não deve ser verdadeira: CHEFIA DE POLÍCIA, URGENTE: Dada a situação de emergência e ameaça de Estado de Sítio, fica interditado em todo o território nacional, acima e abaixo do solo, o famigerado jogo do buraco.

ALLEGRO SEMI-FINALE

BRASÍLIA, SUPREMO TRIBUNAL, 11 DO XI.

O Supremo Tribunal Federal viveu ontem uma de suas tardes gloriosas, ao dar termo, em sentença memorável, à acirrada disputa da Favela do Buraco, que tanto agitou recentemente a opinião pública.

Não nos furtamos aqui ao prazer de reproduzir, na íntegra, um trecho do notável arrazoado, incluindo-se nele a parte que define, com a mais alta e inequívoca propriedade, a natureza e a circunscrição do que o vulgo denomina buraco.

"Buraco é tudo aquilo que se encontra entre o que já foi tirado e entre o que está por tirar. Inexistindo legislação à respeito, dada a natureza esquiva do mesmo, cabe ao legislador recorrer ao *Jus Naturae* e não à Lei do Inquilinato.

Com efeito, oscilando o buraco no estado precário acima definido, não se poderá considerá-lo como pertencendo nem a quem o fez, nem a quem tem o lugar no qual foi feito. Se não há locador, *ipso facto*, não pode haver locatário. Seria então o caso de perguntar se cabe ao Estado tomar posse e administrar todos os buracos do território nacional, ou se...

AINDA BRASÍLIA, 31 DO XI.

COMISSÃO DE ADVOGADOS INTERPRETARÁ SENTENÇA DO SUPREMO PARA SABER QUEM GANHOU.

Dada a natural demora dos advogados que no momento procuram interpretar a decisão do Supremo, os favelados, juntamente com representantes do dono da terra, das companhias interessadas, entidades sociais, etc, optaram por uma solução que pareceu justa a todos, pelo menos temporariamente.

A Municipalidade, auxiliada por doações de particulares, erguerá no ponto mais valorizado da Zona Sul um Parque

Proletário para o qual serão transferidos os habitantes da Favela do Buraco.

A terra será devolvida ao seu dono, que poderá cobrar às companhias interessadas aluguel pelo buraco.

As companhias interessadas poderão desistir de pagar este aluguel, desde que reponham no local a terra que retiraram para a formação do supracitado buraco. (Essa terra faz parte do aterro da Baía de Guanabara, conhecida por suas belezas naturais.)

Fica terminantemente proibido ao dono da terra realugar o buraco para nova leva de imigrantes com o fito de constituir nova Favela do Buraco.

O TESTE

Dada a extensão deste relato e a exigüidade do espaço disponível, reduzimos nosso amplo questionário a uma só pergunta, mas que sintetiza as várias capacidades de nossos leitores, às quais nos referimos no início.

PERGUNTA: Qual o detalhe que demonstraria ser absurda e, inverossímil toda essa história, se não tivéssemos a mais ampla documentação a respeito? (Veja a resposta ao contrário.)

RESPOSTA AO CONTRÁRIO: Favela de Zona Norte não tem *boutique*.

# Como matar um turista

# Como matar um turista

## (*Acompanhado de* O Maior Prazer do Turismo)

NOTA DO AUTOR: *O turismo foi, desde tempos imemoriais, uma atividade importante do homem. Não são poucos os que dedicaram boa parte de suas vidas ao planejamento e à execução de excursões turísticas de grande envergadura. Entre outros citaremos Ulisses, Marco Polo, o Padre Gusmão, o Coronel Townsend, o Vasco da Gama, o Botafogo de Futebol e Regatas, os ex-presidentes Kubitschek e Quadros, o dirigível Zepellin e outros.*

*As viagens turísticas alargam os horizontes, esclarecem as inteligências, amestram a vontade e o engenho dos homens. Nas dificuldades que enfrenta, o viajante aprende a controlar seu temperamento, a aproveitar ao máximo seus recursos em ambientes muitas vezes extremamente desfavoráveis. Em outras palavras, as viagens ensinam a como viver em casa.*

### I
### O turismo como conceito

A noção de que é possível viajar-se por prazer é uma idéia promocional recente, inventada com a finalidade precípua de amparar psicologicamente todos os que necessitam fazer viagens. Com o incremento do progresso na técnica de fazer o homem sair do lugar, as viagens vêm-se tornando mais e mais perigosas, reduzindo-se a um mínimo o número de pessoas que regressam aos seus lares.

Mais adiante apontaremos alguns dos meios que a indústria turística emprega para dar cabo do turista; para o momento é suficiente assinalar que o turismo faz cada ano um elevado número de vítimas, pois não só há um incremento anual na quantidade de turistas, mas um aperfeiçoamento cada vez maior nos processos de liquidá-lo.

Sob o pretexto publicitário de que a vida na grande cidade é mais complicada e incômoda que numa viagem, milhares de pessoas são cada ano levadas a abandonar suas cidades natais, seus países de origem, para irem descobrir quão parecido é o homem nas diversas regiões da Terra.

Feita esta descoberta, um bom número de turistas morre, mas é logo substituído por outros, e assim a indústria de turismo jamais cessará de existir por falta de combatentes.

## II
## Como matar um turista

O turista pode morrer de morte natural, ou pode ser executado por elementos da indústria do turismo. A morte natural ocorrerá por síncope cardíaca, quando turista estiver arrumando a sua mala pela tricentésima-octogésima-sexta vez naquela semana, depois de conhecer Roma, Florença, Gênova, Turim, Veneza, Nápoles e Spoletto num dia. A condição da síncope poderá ser agravada quando o turista descobrir que exatamente os mesmos objetos não querem mais caber, depois de todo este tempo, na mesma mala.

Em alguns casos, em vez da morte ocorre uma espécie de alienação mental de longa duração. É quando o turista, não se agüentando mais de ver museus e igrejas, de reclamar do hotel e da comida e dos companheiros, resolve simplesmente distanciar-se do mundo, perder o interesse em reservas e passagens, quedando em seu quarto, sentado no chão diante da mala semi-arrumada, balbuciando palavras desconexas.

No caso de morte não natural as causas serão várias.

1 - O TURISTA PODERÁ SER DEVORADO POR GUIAS DE TURISTAS.

Como sabemos, alguns guias de turistas – apesar da ação intensa da Igreja – são ainda antropófagos. (Principalmente na Itália, na Espanha e no Sul da França). Ora, sendo a Europa um continente novo, que só agora vem sendo colonizado pelos turistas das duas Américas, algumas precauções devem ser tomadas.

Assim, recomenda-se ao turista que jamais saia sozinho, principalmente se estiver com um guia. Deve juntar-se a bandos ou caravanas de turistas, em número nunca inferior a cem, cento e cinqüenta mil, e jamais se afastar deles para além do alcance de um grito. Pois desta maneira, os outros turistas poderão acorrer e salvar o companheiro que estiver em perigo. Muitos turistas temerários, que desprezaram estas precauções, pagaram com a vida sua imprudência.

Aliás, esta é a origem das famosas Excursões de Turismo, muito populares hoje em dia, nas quais, como sabemos, duzentos ou trezentos mil turistas, precedidos de um guia de turistas, percorreram museus e locais famosos, a uma velocidade de pelo menos setenta e sete rembrandts por minuto.

2 – O TURISTA PODERÁ DESPENCAR DE LUGARES ALTOS MUITO CONHECIDOS.

Inúmeros são os turistas que caíram nas crateras da Torre Eifell, da Torre de Pisa, da Torre de Londres. Alguns foram empurrados por guias de turistas. (Essa gente, como já vimos, é muito primitiva e muito sanguinária.) Outros foram empurrados por turistas que vinham mais atrás. Outros caíram de cansaço. Outros, ainda, despencaram ao tentar colher um cartão postal particularmente difícil.

Por tudo isto, recomenda-se o maior cuidado, boa alimentação e boa disposição de ânimo a quem estiver fazendo turismo, e evitar sempre ter a retaguarda desprotegida.

3 – O TURISTA PODERÁ TRANSFORMAR-SE EM CIDADÃO DO PAÍS QUE ESTIVER TURISTANDO.

O grande perigo de todos que viajam é descobrir quão ruim é o seu próprio país de origem. Assim, o americano, ao viajar, pode descobrir que os EUA são muito ruins e que a Alemanha é mil vezes melhor; o italiano, que o Brasil é ótimo e a Itália, uma porcaria, emigrando para São Paulo, com o que não chega, propriamente, a sair da Itália. O brasileiro, por sua vez, dirá que o Brasil é muito atrasado, a França é fabulosa, fixando, então, residência em Paris, na Casa do Brasil.

4 – AS AGÊNCIAS DEIXARAM DE AVISAR AO TURISTA QUE A GORJETA EM MUITOS PAÍSES É DE 15%

Certas agências de turismo, em conluio sinistro com organizações de caráter excuso, deixam de notificar ao turista que a gorjeta, em muitos lugares, corresponde a 15% da despesa feita. Resultado: vai o viajante incauto, argentino, brasileiro, iraniano, seja o que for, mete-se no *Le Grand Févour*, em Paris, pede um *noire*, paga dois milhões de francos antigos, dá apenas ...200.000, ou seja, 10% de gorjeta, é agarrado por dois bretões de ombros largos, arrastado para o fundo do estabelecimento, e nunca mais se ouve falar dele.

Milhares de turistas desaparecem todos os anos desta maneira, sem que a Polícia, a OAS ou o Partido Comunista, que são as organizações culturais mais importantes atualmente na França, possam prestar a respeito qualquer informação. Supõe-se que o turista seja reexportado e depois vendido para trabalhar nas galés ou na agricultura nas mais variadas regiões do planeta. Esta venda de turistas, aliás, tem tornado o turismo uma das grandes fontes de renda de certos países. Só na Itália ultrapassa de um milhão a cifra de viajantes, homens de negócios, artistas em turnê, oficialmente desaparecidos, mas que, em realidade, trabalham nos campos de concentração da Sicília e do Vale do Pó.

A alta rentabilidade do negócio está começando a abrir algumas brechas na Cortina de Ferro. Até a URSS, país sabidamente conservador no que concerne à economia e à política, pensa em acolher o turismo, prevendo no tráfico de turistas uma soberba fonte de lucro.

## III
## O grande, o real, o definitivo prazer do turista a sua imensa compensação

Nem todo turista, porém, perece na excursão que faz. Há sempre um bom número de sobreviventes que não só escapam ilesos aos muitos perigos que mencionamos, mas ainda sentem grandes prazeres com a viagem que fizeram.

Um dos maiores prazeres que pode dar uma viagem, por exemplo, é o de terminá-la. Em geral, um halo de serenidade envolve o turista, quando ele sente que escapou incólume de quase tudo, e que agora só necessita arrumar, desarrumar, arrumar, desarrumar sua mala mais duas vezes: ao chegar em casa e antes de chegar à Alfândega do Brasil. Como fica tranqüilo refletindo que, na Alfândega, por exemplo: não terá de esperar com suas malas escancaradas senão por mais de três semanas, enquanto o inspetor despacha os que vêm antes, os que têm passaporte especial, os que são primos de deputados, juízes, generais, presidentes, etc. Sim, tudo isso é uma grande fonte de prazer e de estímulo.

Mas o

GRANDE, O REAL, O DEFINITIVO PRAZER DO TURISTA, A SUA IMENSA COMPENSAÇÃO

é a de contar aos amigos, na volta, as coisas que sentiu e gozou. Por quê? Porque isto significa exatamente contar as coisas que eles, os amigos, não viram, não sentiram, não gozaram.

Ah, neste momento sim, o coração do viajante infla de júbilo, neste momento, sim, sente-se pago por toda a solidão que sentiu em Londres, por todo mau-humor que lhe deu

Frankfurt, por toda a sensação de ser um ilustre desconhecido em Zurique, e o sentimento de estar sendo permanentemente explorado em toda a parte.

Pois como resistiria a tanta coisa, mandando ao mesmo tempo cartões jubilosos, desmilingüindo-se de fixar tudo em fotos tremidas, se não tivesse o formidável consolo de saber que os outros, os seus amigos, se encontram todos em casa, e convictos de que ele, turista, está se divertindo à grande. Onde já se viu alguma vez, na História do Brasil, um turista brasileiro admitindo que durante uma semana seu único conhecido foi o *barman* do hotel, porque falava um pouco de castelhano? Onde já se viu turista brasileiro, passando duas horas no Exterior, sem ter pegado mulheres geniais, brotinhos alucinantes, que não puderam resistir ao *charme* do Brasil? Nunca. E sabe por que, leitor ignorante? Porque à medida que o viajante volta, estas coisas começam realmente a acontecer. Começam realmente, sutilmente, a acontecer, no espírito do turista, à medida que ele se aproxima da Amada e Idolatrada.

Aos poucos, sua viagem vai-se tornando aquilo que os amigos imaginaram, aquilo que os amigos invejaram. Transfigura-se, constrói-se, muda ou elimina detalhes em si mesma, como protoplasma. Quando os parentes e amigos reunidos se preparam para satisfazer sua curiosidade ávida, tudo que aconteceu completa o ciclo de uma transformação completa e radical.

E é então, no centro da roda, com o copo de uísque na mão, cercado do testemunho irrefutável das fotos, dos souvenires e dos cinzeiros roubados dos hotéis, que o turista inicia, em realidade, a sua verdadeira, a sua fabulosa, a sua inesquecível viagem de turismo.

# O manifesto colunista

# O manifesto colunista

## I
## O conteúdo social da crônica social ou coluna social tem mensagem?

Sem dúvida, um dos problemas angustiantes do mundo moderno é o Problema Social. Raras são as pessoas, hoje em dia, que não se mostram preocupadas, de uma forma ou de outra, com o Problema Social. Ainda recentemente, ouvíamos, em uma recepção de embaixada muito elegante, comentários a respeito da gravidade e da seriedade do Problema Social.

Contudo, é preciso lembrar que o Problema Social não é um só, e sim múltiplo: não se pode, na realidade, falar apenas de um Problema Social, mas de vários Problemas Sociais. Alguns destes são mais graves, outros menos. Entre os mais graves citaremos o de ter de escolher, num jantar de cerimônia, entre pessoas de igual importância, aquela que se sentará à direita do dono da casa. Entre os menos graves, mencionaremos o saber distinguir entre talheres de peixe, carne e sobremesa; o saber diferenciar, em cerimônias puxadas a *black-tie*, entre o garçom e o convidado; o conhecer as ocasiões em que o caroço de azeitona é escondido à direita ou à esquerda debaixo do prato.

Estas questões são de tal vulto, que até mesmo jornais de grande circulação mantêm colunas especializadas em problemas sociais. Tais colunas recebem, de modo geral, a denominação de Coluna Social, podendo porém variar e assumir nomes como: Mensagem Social, Crônica Social, Conteúdo Social, Vida Social, Vida em Sociedade, Sociedade Social, Soçaite ou, simplesmente, Socialismo.

O conteúdo da crônica social é, em geral, o mesmo do catálogo de telefones, com a diferença que o catálogo traz também o endereço das pessoas, enquanto a coluna social dá apenas os nomes sem os endereços. Daí a desconfiança de alguns leitores de que os nomes citados nas crônicas são de gente que não existe, e as fotografias que as ilustram, de gente que não tem esses nomes.

Em verdade, os leitores desconfiados julgam que o conteúdo destas crônicas é tão fictício quanto o resto do jornalismo moderno e inventado, como outras formas de ficção: a fotonovela, o telenoticiário, o comercial ao vivo, apenas para maior excitação-diversão do leitor-espectador.

Tendendo a corroborar as desconfianças do leitor desconfiado, recentes estatísticas feitas nos EUA demonstraram que duas em cada cinco pessoas citadas em coluna social não existem, ou já morreram, ou são outras. E as 3/5 restantes nunca foram a uma coluna social, nem mesmo a uma crônica, não podendo por isso ser citadas de jeito nenhum.

Os fatos, porém, demonstram: se o cronista for sério, repudiará estes processos e estas falsificações. Ele dará, sempre que for necessário, os endereços correspondentes aos nomes que cita, e poderá, na mesma ocasião, apresentar as pessoas que moram nestes endereços. Mais: ao apresentá-las, provará a quem interessar que são todas, conforme se vê, muito bem situadas no Problema Social, desfrutando de prestígio, poder, dinheiro, e também afáveis, aristocráticas, bem-nascidas, esplendidamente educadas, muito inteligentes e de grande beleza física.

Resumindo: o cronista social sério, ao contrário de alguns colegas levianos, acredita sinceramente na ficção que cria. É o que se pode chamar: um esnobe.

# II
# É popular ser esnobe ou por que todos lêem a crônica social

Como se sabe, uma das coisas mais lidas hoje em dia é a Crônica Social. A Crônica Social é mais lida que:

1 – A Bíblia.

2 – Placa de rua no estrangeiro. (Por turista.)

3 – Horóscopo do dia.

Isto se explica por várias razões das quais não citaremos nenhuma. Em todo caso, além da verdadeira explicação, que também não citaremos (por desconhecê-la), parece haver a seguinte:

Leitor de crônica social (como, aliás, Leitor de modo geral) é um tipo bastante ingênuo, com forte predisposição para acreditar no que lê.

Ora, uma das crenças prediletas do Leitor é achar que o poder, o prestígio, o dinheiro, a beleza, e outros atributos místicos de Personagem de Crônica Social, são contagiosos como a catapora ou o sarampo. Imagina-se, portanto, que lendo bastante Crônica Social, um dia estes atributos passarão para ele, sem mais nem menos, mais ou menos da maneira seguinte:

Está o Leitor, por aí, sem fazer nada, como se fosse político importante ou ministro de Estado, quando dá de cara, no meio da rua, com um dos Personagens da Crônica Social, que ele reconhece de foto. Chega-se ao Personagem e diz:

– Me diga uma coisa, o senhor não é o Sr. Fulano de Tal, banqueiro, grande acionista, em conversa animada com a Sra. Beltrana dos Terçóis, no jantar do Country?

Fulano de Tal olha para o Leitor, abre uma bocarra deste tamanho de reconhecimento, e retruca:

– *Pero mire, como es simpático usted de conocer todas estas cosas a mi respecto. Jamás ninguno hay hablado comigo con esta sinceridad. Bamos a tomar uno uisque en casa. Como se llama usted?*

Aí, o Leitor confessa que se chama Leitor, e o Banqueiro diz que nunca ouviu falar dele, mas não faz mal, vamos lá, e vão, e o Banqueiro passa a gostar muito do Leitor, confia-lhe suas mágoas, confessa que a vida de rico não é isto que se pensa, depois empresta ao Leitor uma bolada de dinheiro e dá-lhe uns palpites sobre investimento, o Leitor vai e joga e ganha, joga mais uma vez, ganha, e já o nome do Leitor começa a sair na Coluna Social como grande amigo do Banqueiro Fulano de Tal, um dos bons partidos da Guanabara – bem melhor que o PSD, a UDN e o PTB – e de Leitor, como por milagre, passou a Personagem de Coluna Social (sua aspiração máxima).

Como se não bastasse isso, vai o Leitor um dia flanando pela Sá Ferreira, qual verdadeiro Banqueiro, quando lhe surge pela frente, na esquina da Nossa Senhora de Copacabana, um jovem magro, pálido, de olhar ardente que pergunta:

– O senhor não é o ex-Leitor, hoje Grande Personagem amigo do Banqueiro Fulano de Tal, que ama desesperadamente a Marquesa de Merteuil e é desesperadamente rejeitado por ela, duas vezes por dia, pela manhã e à noite, antes das refeições?

Ao que o Leitor, bestificado, responde:

– Caramba, *muchacho*, etc., etc.., etc, *jamás ninguno* etc, etc, *como te llamas*?

E o moço magro, de cabelos longos, de tez clara, aspecto sonhador, responde:

– Alfredo de Musset.

Em outras palavras, as colunas sociais exercem a importante Função Social de transformar o Leitor em Personagem, contribuindo, destarte, para a promoção de uma verdadeira Paz Social.

## III
## A coluna social e o proletariado

Não há a menor dúvida de que a coluna social corresponde a uma das mais legítimas aspirações do proletariado. Se não fosse ela, ninguém saberia da ficção em que vivem os seus Personagens, nem poderiam os Leitores sonhar em partilhar um dia desta mesma ficção, sonho que recebe, em nossos tempos, o nome histórico de Revolução.

O colunista social sério, desnecessário dizer, é um Homem de Esquerda. Aliás, hoje em dia, quase todo mundo é Homem de Esquerda, sendo esta característica um cachê de elegância, um marco de distinção.

A Esquerda, como se sabe, é um lado que se divide em Esquerda Propriamente Dita, Esquerda-Centro e Esquerda-Direita. Os que cultivam a Esquerda-Direita são chamados reacionários.

O Homem de Esquerda é, em geral, completamente de Esquerda, e dá-se melhor com outros Homens de Esquerda. O Homem de Esquerda não só prefere que seus amigos e seus associados sejam de Esquerda, mas também o seu chofer, seu mordomo, seu alfaiate, seu camiseiro, os diretores de suas indústrias, os peões de sua fazenda, todos devem ser de Esquerda. O *maitre*, que conhece seu paladar, deve ser de Esquerda; o tratador de seus cavalos será, preferivelmente, de Esquerda; o veterinário, os próprios cavalos, se possível, serão todos, de Esquerda.

O Homem de Esquerda veste roupas elegantes de Esquerda, toma uísque estrangeiro de Esquerda, fuma *Minister* e é pela autodeterminação em todas as suas formas, mesmo no caso dos povos subdesenvolvidos. Só lê livros de Esquerda, só comparece a colunas sociais de Esquerda. Quando vai à praia, traja camisa esporte de Esquerda, mocassins de Esquerda, calção da *Mozano*, de Esquerda. O lugar de honra à mesa, em sua casa, é a Esquerda do dono da casa, e mesmo às senhoras, quando não tem mais nada a oferecer, oferece a Esquerda.

O Homem de Esquerda pratica com afinco o proletariado, que sabe ser o sustentáculo vivo não só do Problema Social, da Coluna Social, do Colunista Social, mas também dele mesmo. Pois em verdade, se não existisse o proletariado, sobre o que discutiriam, à volta de uma garrafa de uísque, os Homens de Esquerda?

Ora, sendo o nosso colunista Homem de Esquerda, embora trate na sua coluna de uma só classe da sociedade, aspirará, sem dúvida, a uma sociedade sem classes, ou mesmo ao que já se vê muito por aí: uma sociedade sem nenhuma classe.

A grande vantagem da sociedade sem classe – ou sem berço, como querem alguns Esquerdistas de Direita – é exatamente esta: todos terão o mesmo direito de aparecer nas colunas sociais o que fará com que estas cresçam em número proporcional ao incremento da população. A inflação das colunas sociais, por sua vez, levar-nos-á à realização de um dos ideais confessos da sociedade sem classe, ou seja: ao direito que terá cada um à sua coluna social, individual, intransferível – direito líquido e certo de cada um ser cronista social de si mesmo.

Estas vantagens sociais, porém, ainda demorarão a vir, dada a resistência que a Esquerda encontra junto aos Homens de Esquerda. Até lá, portanto, continuaremos assistindo a uma formulação dualística do mundo, ao estarrecedor combate entre Leitor e Personagem, Bem e Mal, entre Fecundidade e Esterilidade, Vida e Morte, Lua e Sol, Ísis e Osíris, e outros símbolos impostos ao mundo por este grande colunista social nacional suíço que foi Carlos Gustav Jung.

## IV
## O cronista social *par lui même*

O Cronista Social é também um ser humano e, como todo ser humano, encontra-se exposto às fragilidades naturais da espécie: bateria descarregada, rompimento da correia do ventilador, vazamento do radiador, curto no motor de arranque, filtro entupido, etc.

O ser humano que constitui o cronista social pode ser de diversos sexos, tamanhos, temperamentos, aparências: existem cronistas gordos, cronistas magros, cronistas mais ou menos; alguns cronistas usam óculos, outros são surdos e bem apessoados. Quase todos moram na Zona Sul, mesmo quando são Cronistas de Zona Norte.

Muitos dos cronistas escrevem suas próprias colunas, embora este hábito não seja bem visto pela classe. A maioria dos colunistas consegue ler a coluna que assina, ou tem pessoa de confiança que lê para ele.

Um e meio cronistas em cada 250 falam uma língua estrangeira: 4 em cada 174 falam o português. Os cronistas do passado falavam o francês porque havia muitos nomes franceses a mencionar: *haute-gomme, restaurant, soirée, garçon, cognac*. Hoje em dia, com a recente lei da nacionalização dos nomes, este problema foi automaticamente superado.

Existe, de modo geral, um excelente entendimento entre o cronista social e o seu patrão, o dono do jornal. Este entendimento baseia-se na compreensão e no respeito mútuo: o cronista escreve o que convém ao patrão, ou é despedido. Daí resultam duas vantagens enormes: o colunista passa a compreender melhor o que é a Verdade, ou seja: a Verdade é aquilo que convém ser publicado; quanto ao patrão, passa a depositar uma profunda confiança em seu colunista.

E como o jornal, por sua vez, se encontra exatamente a serviço das Personagens Afortunadas que dispõem de poder e dinheiro, e como, por coincidência, são justamente estas que o cronista menciona sempre em sua coluna, chega-se à devastadora conclusão de que estas Personagens são, por vias indiretas – ou não tão indiretas assim – colunistas sociais de si mesmas, entrando o colunista apenas com o nome e a coluna.

Donde se conclui que o regime da sociedade sem nenhuma classe já foi na realidade instaurado entre nós, sem que nós déssemos por isso. Mas a vida é assim mesmo, muitas vezes as coisas já aconteceram, e a gente ainda está suspirando por elas e, quando tomamos tento, o baile já acabou, e nós não tivemos oportunidade de dançar nem uma valsinha com aquela formosa morena que nos olhava do canto do salão.

## V
## Como vencer na crônica social

Para vencer na crônica social, i.e, para poder emprestar seu nome e sua coluna às pessoas que quiserem servir-se dela, o colunista deve ter, além do acordo com o dono do jornal e da tenacidade, outras qualidades importantes de caráter. Deverá ser gentil, bem-educado, compreensivo, tolerante, bem-humorado, cortês, divertido, espirituoso, bom camarada, com as pessoas que realmente importam e arrogante, desdenhoso, superior, esnobe, etc, com as pessoas que não têm importância. Abrirá, naturalmente, uma ou duas exceções com pessoas de condição humilde, não só para parecer democrata e amigo do proletariado, mas também porque as pessoas humildes, muitas vezes, podem prestar-lhe pequenos serviços.

(Aí vão alguns dos serviços que podem ser prestados com vantagem por pessoas humildes: engraxar sapato, lavar roupa, varrer chão, limpar banheiro; entender-se com outras pessoas humildes ou com pessoas que usam a entrada de serviço; fazer com que as pessoas não-humildes tenham uma súbita e iluminadora compreensão de que todo mundo é gente, o que lhes proporciona a confortadora sensação de serem bons, humanos e tementes a Deus.

Fora isso, as pessoas humildes podem ainda servir de babás, cozinheiras, porteiros, operários, auxiliares de escritório; de material para noticiário do tipo: "Espancado por Dezessete Policiais no Encantado"; de muitas e variadas reivindicações de Esquerda e de temas literários de toda espécie, desde os mais sérios, como os filmes de Carlito, aos mais fagueiros, como este aqui ou um outro no mesmo espírito, do prelado inglês Jonathan Swift, intitulado: *A MODEST PROPOSAL.*)

Voltemos, contudo, ao colunista vencedor. Chegado ao ápice de sua carreira, o colunista, que é verdadeiramente um vitorioso, já não precisa dar-se ao luxo de escrever ou de ler a sua coluna. Limitar-se-á a assinar recibos no fim do mês. E depois de algum tempo nem isto, pois terá um procurador para lhe administrar os bens.

Por isso mesmo, há colunistas que passam meses sem ir ao jornal. Há outros que depois de anos compram um exemplar do jornal em que colaboram e têm o grato prazer de descobrir que suas colunas continuam saindo. E há o caso excepcional daquele colunista que já tinha morrido, mas cuja coluna continuava circulando, como luz de estrela extinta. Junto com a coluna, diga-se de passagem, circulava também a fotografia do cronista morto. Ele tomando uísque, Ele no Baile das Debutantes, Ele rindo, Ele em conversa com D. Pedro, Ele recebendo a Kim Novak, etc.

Um belo dia, um parente do cronista, intrigado com o fato, foi ao jornal tomar esclarecimentos. Pois não é que o secretário não sabia de nada, ficando até muito espantado e penalizado com a notícia? Depois do primeiro impacto, o secretário alegou que, naturalmente, por um lapso, o falecimento do cronista deixara de ser publicado na coluna que o defunto assinava. E o resultado é que os auxiliares do colunista, não tendo sido avisados, continuavam a fazer sua coluna com a mesma devoção com que vinham fazendo, quando o mesmo se achava vivo. Apenas, vez por outra, assinavam: "Pelos Auxiliares de Fulano", quando achavam que era época de o cronista tirar férias e viajar um pouco.

Afinal, após os esclarecimentos do secretário e dos auxiliares, e vendo a coluna impressa com a vitalidade e dinamismo de sempre, o parente do morto saiu achando que de alguma maneira o colunista permanecia impresso no coração e em outros órgãos dos leitores. Com o tempo, chegou mesmo a acreditar que ele não tinha realmente morrido: tal é o poder da palavra escrita.

Quanto à coluna, continua saindo até hoje, em um dos nossos vespertinos de maior tiragem, constituindo-se numa das tradições da cidade, leitura obrigatória para todos que desejam estar em dia com os problemas sociais. Apenas não revelaremos qual o vespertino, nem qual a coluna, para não trair a confidência de um amigo, para não enlutar alguns milhares de leitores e para não prejudicar um dos órgãos mais respeitáveis de nossa imprensa.

## VI
## Conclusão ou o que é, verdadeiramente, o colunismo social

Cremos ter mostrado claramente, entre outras coisas que o Colunismo Social é uma atividade eminentemente humana. Em nenhum outro mamífero encontramos a prática do colunismo social, embora em muitos deles houvesse inteligência para tanto. Nem mesmo nas formigas, nas abelhas, nas colônias de corais, que constituem hoje sociedades – subdesenvolvidas, em verdade, mas plenamente organizadas – é possível verificar-se a existência do colunismo social ou de invertebrados individuais que pudessem ser chamados colunistas.

Podemos, portanto, concluir: não basta uma sociedade ou um Problema Social para haver Colunismo: é preciso que esta sociedade seja total ou parcialmente constituída de seres humanos. Ora, se a sociedade é humana, se o colunista é, na maioria das vezes, humano, o Colunismo Social será, indiscutivelmente, inapelavelmente, tal qual o Existencialismo, um Humanismo.

# O ABC do analfabeto

# O ABC do analfabeto

## I
## Introdução histórica

O Analfabetismo é um fenômeno cultural e religioso de grande importância, que existe desde os primórdios da era cristã ou mesmo antes. Os primeiros analfabetos, segundo Suetônio, vestiam peles de animais, não cortavam as unhas e comiam carne crua.

Os romanos, que zombavam dos analfabetos, apelidavam-nos de *analfas* ou comedores de *analfa* (raiz que cresce no sul da Sicília e que dá ótimo tempero para pizza).

Outros, no entanto, afirmam que os analfabetos se originaram na Idade Média, constituindo uma seita herética chefiada pelo Monge Analfa.

Analfa granjeou um bom número de adeptos, que levavam uma vida das mais ascéticas: bebiam apenas água, acreditavam na total transitoriedade da palavra e recusavam-se a ler ou a escrever fosse a que fosse.

Correspondem à seita de Analfa muitos habitantes do mundo de hoje. Mantêm o hábito do jejum regular ou intermitente, têm prole numerosa, acordam cedo para deitar cedo, não lêem os jornais ou qualquer matéria impressa. Por isto, em geral, são equilibrados, harmoniosos, incapazes de se meter em atividades que alimentam as paixões baixas dos homens, quais sejam: a política, a economia, a salvação do próximo, a página editorial e outras.

## II
## Quem são os analfabetos

Entre os seguidores de Analfa ou Analfabetos, mencionaremos quase todos os seres humanos no início de suas vidas, alguns habitantes das novelas de ficção científica (que empregam o pensamento direto), alguns santos, alguns estrangeiros, e um certo número de pessoas registradas como jornalistas profissionais no Ministério do Trabalho.

O analfabetismo é também difundido entre os animais, especialmente os mamíferos, havendo, contudo, exceções. Entre estas apontaremos o burro do faquir Xerém, que atuou por algum tempo no interior de Minas, e que apontava os nomes dos espectadores, separando letras de cartolina, espalhadas na calçada, com suas patas dianteiras. O talento do burro, aliás, chamou a atenção de algumas pessoas gradas, que sentindo nele uma vocação excepcional, conseguiram-lhe uma bolsa de estudos no Ministério da Educação. Foi assim possibilitado ao burro (com grande tristeza de seu dono, o faquir Xerém) terminar seus estudos primários, completar o curso ginasial e matricular-se, inclusive, no curso clássico.

O destino melancólico do quadrúpede em pauta vem provar mais uma vez que o analfabetismo é o estado que melhor condiz com o temperamento pacífico dos mamíferos. Ao terminar seus estudos, o burro radicou-se em Belo Horizonte, fez concurso, foi nomeado para o IAPC e desempenha até hoje, neste Instituto, as modestas funções de Arquivista (nível 15). Ninguém mais se espanta com ele, ninguém mais se interessa em comparecer quando se apresenta em alguma cidade do interior. E é natural que assim seja: pois o burro, enquanto burro, era evidentemente um gênio, mas uma vez alfabetizado e educado de acordo com os programas do Ministério da Educação, passou a ser apenas um burro-funcionário, afundando para sempre na rotina e na mediocridade do serviço público.

Outro caso de mamífero excepcional foi o cão Hubertus, que latia nitidamente todas as letras do alfabeto e que chegou a ser examinado por autoridades médicas da Clínica Mayo. (Era portador de uma curiosa lesão cardíaca.)

Desistindo de encontrar explicação para o estranho fenômeno, os cientistas, um tanto irritados, soltaram Hubertus que, mais esperto que o burro acima, conseguiu um bom emprego na Rádio de San Francisco, como disc-jockey.

## III
## O maior inimigo do analfabeto

Embora ninguém saiba exatamente por que, o analfabetismo é considerado uma seita das mais nocivas, um mal que urge erradicar como já se fez com a malária, a gripe espanhola e a moralidade administrativa.

A campanha contra o analfabetismo é insuflada e agitada pelo inimigo natural do analfabeto: o ser alfabetizado. Caracteriza-se, este último, pela capacidade monumental, não só de ler tudo que se escreve, mas também, de escrever quase tudo que se lê.

O ser alfabetizado, hoje em dia, insinua-se em quase todos os setores da vida pública e particular. Vamos encontrá-lo nos escritórios, nas repartições, nas escolas, até nas Forças Armadas. Infiltra-se no clero, nos esportes, nas artes; mesmo em certas camadas da alta administração e do Governo vamos topar, não com um, mas com muitos seres alfabetizados.

A guerra que os alfabetizados movem aos analfabetos tem sido da mais extrema violência; uma após outra, caem as cidadelas destes, seus generais são aprisionados, seus soldados sujeitos a um intenso tratamento de doutrinação política ou *brain-washing*, como dizem os americanos.

O resultado é que poucas pessoas podem, agora, manter-se fiéis ao analfabetismo, sem que se exponham à irritada agressão de um alfabeto, brandido tenazmente por um alfabetizado, orgulhoso de sua função social. E assim se extingue mais uma daquelas antigas e saborosas tradições brasileiras, tão do gosto do conhecido indianista José Martiniano de Alencar.

Em verdade, só há um meio de defesa à disposição do analfabeto, uma só arma de que pode lançar mão para repelir a furiosa ofensiva dos alfabetizados: o voto.

## IV
## O voto

O voto, como sabemos, é uma grande arma democrática. É tão democrática, que todos os totalitários se utilizam dela quando querem provar que estão com a razão.

Quando estendido ao analfabeto, passa a chamar-se voto do analfabeto, ocupando, neste caso, invariavelmente, tempo diário na câmara e espaço diário nos jornais.

O voto do analfabeto, concebido como arma, propõe, ao analfabeto, desde logo, um magno problema: como utilizá-lo, ou seja, em quem deve votar?

Deverá o analfabeto votar no alfabetizado, seu inimigo natural? Deverá o analfabeto votar em outro analfabeto, que muitas vezes não sabe nem ler nem escrever?

De acordo com a lei da luta de classes, só um analfabeto poderá defender realmente o interesse dos analfabetos; por outro lado, setores reacionários e alfabetizados, dispostos a conceder o voto, não se dispõem a conceder a candidatura; em outras palavras, o analfabeto, igual ao brasileiro naturalizado, poderia votar, mas não poderia ser votado.

Esta prática, aliás, parece-nos da mais revoltante injustiça: somos todos iguais perante a lei: animais, vegetais, minerais, analfabetos ou brasileiros naturalizados: quem vota deve poder ser votado.

Afinal de contas, não é justo que num governo eivado de seres alfabetizados, os analfabetos não tenham voz, eles que representam, verdadeiramente, a maioria da população.

Acresce ainda, ao doloroso dilema, a descoberta feita por alguns gramáticos, de uma terceira posição: a do semi-analfabeto. A situação destes, hoje tão numerosos, é pungente, só comparável à de pessoas pertencentes às raças mistas. (Como sabemos, filhos de brancos com mulheres negras ou de pretos com mulheres brancas são, freqüentemente, infelizes, porque a intolerância do meio ambiente não permite que sejam reclamados, seja por um grupo étnico, seja por outro. Isto tudo, naturalmente, antes de se descobrir que no Brasil não existe preconceito de raça, e de se fazer uma lei a respeito de uma coisa que não existe.)

Assim, os semi-analfabetos giram entre dois campos de atração contrários, sem que haja um critério que possa realmente defini-los. Eles seriam inimigos naturais do alfabetizado ou do analfabeto? Como classificá-los? Como examiná-los? Que elementos ocupariam a banca examinadora? Apenas alfabetizados? Ou um misto de alfabetizados e analfabetos, como no caso de concursos para cargos públicos ou cátedras universitárias? E que atitude tomariam aqueles semi-analfabetos já aceitos e perfeitamente integrados nas classes dirigentes, alguns dos quais governam, inclusive com notória competência, os destinos do país?

A questão é das mais complexas. Só mesmo um estudo jurídico e sociológico aprofundado, talvez subvencionado pela UNESCO, poderá determinar quantos membros de um governo autenticamente representativo deverão ser alfabetizados, quantos analfabetos e quantos semi-analfabetos. Enquanto esse magno problema não for solucionado, não haverá paz social em nosso país. A campanha tenaz que alfabetizados movem contra analfabetos prosseguirá implacável, fazendo um número cada vez maior de vítimas, ferindo indiscriminadamente culpados e inocentes. Por isto, do alto destas páginas, lançamos um apelo de caráter humanitário, apartidário, tendo em mira apenas o benefício da coletividade.

## V
## Um apelo

O analfabeto não quer mal ao alfabetizado, que já foi seu irmão. Quer apenas não ser excessivamente importunado, para poder, talvez, converter-se, livre de coação. Pois o alfabetizado, como o católico novo, o marxista novo, o psicanalisado novo ou o recém-casado, procura converter todo mundo à sua fé, e com isso acaba transformando-se num grande chato.

Na realidade, deve-se meditar muito, antes de se dar este passo definitivo e irrevogável, que fará com que o cidadão passe a ler tudo que se publica, hoje em dia, em livros, jornais, revistas e cartazes.

É de suma importância que o analfa seja instruído no sentido de saber o que está à sua espera a partir do momento que aprendeu o alfabeto. E se for honestamente instruído, é possível que recue no derradeiro instante, decidindo por não tomar contato com o mundo exótico, sanguinário e selvagem das pessoas que sabem ler.

## VI
## Proclamação

A Liga de União dos Analfabetos e Combate à Alfabetização (L.U.A.C.A) pede-nos que publiquemos o seguinte:

"Analfabeto: o voto é a tua arma e o alfabeto o teu maior inimigo. Votar em analfabeto é o dever de todo o analfabeto. Só o analfabetismo redimirá o analfabeto. Por um Brasil cada vez mais intransigentemente nacional-socialista, vote em analfabeto." (Contribuição para a Campanha do incremento do quadro social da L.U.A.C.A)

# Conheça melhor seu filme de vampiro

# Conheça melhor seu filme de vampiro

## I
## O vampiro

Vampiro é um cavalheiro que habita filmes de vampiro e que se encontra, de modo geral, em estado de morto. Raros são os vampiros que já não tenham, ao início do filme, morrido umas três ou quatro vezes. (E se morreram apenas uma vez é certo que ressuscitarão no filme seguinte.)

Nisto, portanto, os vampiros diferenciam-se da maioria dos seres humanos: estes, uma vez mortos, raramente aparecem a não ser em retratos de família ou anúncios de missa; o vampiro, ao contrário, basta morrer para logo surgir como vivo e surgindo como vivo pode se ter a tranqüila certeza de que ele está absolutamente morto.

Além destas, o vampiro apresenta as seguintes características: meia idade, bem apessoado, boa família, inteligente; traja-se com sobriedade, não gasta mais do que ganha. (Normalmente o vampiro tem uma renda razoável em países que têm vampiro, o que o livra das preocupações materiais mais prementes. Também, estando morto, vivendo num caixão e só saindo de casa à noite, pode economizar boa parte de sua renda, reinvestindo-a em imóveis ou ações. Vampiros que morreram há muito tempo ou há muitos filmes de vampiro atrás conseguem, inclusive, amealhar considerável fortuna.)

O dinheiro não torna o vampiro nem mais feliz nem mais infeliz do que a média; vampiros, como todo mundo, andam sempre meio insatisfeitos, sonhando com uma coisa ou outra, desejando o que não tem, suspirando pelo passado ou pelo futuro. Gostam de passear, vão ao cinema de vez em quando (inclusive para assistir a filmes de vampiro, embora lamentando as deformações com que são retratados) e não têm, apesar do que o próprio cinema divulga, mais sede de sangue do que a maioria das pessoas que vivem numa cidade como o Rio de Janeiro.

Assim é o vampiro na vida real; vejamos agora o que fez dele a sétima ou última das artes.

# II
# O filme de vampiro

## PARTE 1 – OS PERSONAGENS

Poucos são os filmes de vampiro que não se iniciam com uma chuvarada sensacional ou pelo menos com uma bruma capaz de desnortear morcego. O cenário é de preferência um cemitério, a ação desta primeira cena um enterro, e nove vezes em cada dez um par de coveiros escoceses estará abrindo um mausoléu cheio de teias de aranha. A seqüência terminará seja com um cadáver aparecendo ou desaparecendo e com alguns dos presentes, gente ou coruja, emitindo um grito horripilante sobre o qual se imprimirão os letreiros.

Uma sucessão de mãos crispadas, de mocinhas aterradas, de taverneiros cerrando portas pesadas, de ruídos de carruagens, desenvolverá a fita, até o momento crucial em que uma estaca de madeira ou uma bala de prata cortará a carreira do pobre vampiro – ao menos naquela viagem específica e desgraçada através de 3.000 metros de celulóide.

Da lista de personagens constarão, invariavelmente:

1 – O aristocrata (ou cientista – em geral, médico ou artista, ou intelectual) que é o vampiro propriamente dito.

2 – O corcundinha (ou caolhinha, ou monstrinho, ou

criado do vampiro) que é, por assim dizer, o encarregado da limpeza. (O espectador inexperiente tende a pensar que este é o vampiro). Ele transporta cadáveres, remove lajes de tumbas, cruza o pântano maldito no meio da noite tempestuosa com caixão às costas. Seu rosto, geralmente, não inspira confiança: a maioria das vezes um dos olhos escorregou até o nível da boca, sendo o corcundinha capaz de lambê-lo sempre que tiver vontade. É burro como uma porta, mas muito intuitivo; não fala, rosna, e o cientista-intelectual-vampiro é o único que o entende. (Pudera, ele o criou ou o transformou, enxertando nele um cérebro de macaco.)

O corcundinha ou caolhinho é muito fiel ao seu dono e criador; só um personagem destruirá esta relação ideal entre criador e criatura; a

3 – Sobrinha do Vampiro. (Que, aliás, pode ser também enteada, ou herdeira mais próxima, ou simplesmente uma representante do Bem).

4 – O quarto e último personagem obrigatório de filmes de vampiro é o mocinho. Geralmente, trata-se de um péssimo ator: como tal, termina sempre vencendo o vampiro (que é um ator melhor) e ficando com a mocinha nesta vitória arrasadora e constante do mais medíocre que representa, diga-se de passagem, o grande contato do filme de vampiro com a realidade. Fora isto, o mocinho é quadradão (incapaz de propor uma relação extra-matrimonial à mocinha) burro, mais burro que o corcundinha (só o mocinho não vê desde o início da fita que o Peter Cushing é o vampiro), covarde e retrógrado (vive aconselhando o vampiro a parar com estas experiências de implantação de tecido) e, finalmente, supersticioso, pois de todos, é o mais convicto de que vampiro existe. O mocinho é, enfim, personagem cuja presença a censura exige sempre, pois encarna a perfeita imagem da Virtude.

## PARTE 2 – A TRAMA

Todo filme de vampiro (e quando dizemos todo, queremos dizer: todo, sem exceção) apresenta o vampiro no começo da história fazendo das suas, matando gente, botando o corcundinha a arrastar cadáveres pelas ruas de Edinburgo de 1805, sugando sangue, violando sepulturas, etc.

No meio da história, em todo filme de vampiro (e quando dizemos todo, queremos dizer todo, sem exceção) começa a se anunciar uma reviravolta: o vampiro comete um engano qualquer, mata o cadáver que não deveria ter matado, viola a tumba que não deveria ter violado e desperta as desconfianças e a indignação de quem não deveria.

Em todo e qualquer filme de vampiro (e quando dizemos todo... etc.) o corcundinha se revolta contra o patrão e, ou o assassina ou contribui para o seu triste fim.

Todo final de filme de vampiro (mesmo variações tão espúrias como MACISTE CONTRA O VAMPIRO) apresenta um incêndio no qual o castelo (ou casa, ou laboratório, ou a torre, ou o sepulcro) é reduzido a um monte de cinzas. Em todo final de filme de vampiro o vampiro é destruído, pairando a dúvida, em alguns casos, quanto à volta possível de Peter Cushing em filme próximo. (Ele volta sempre.)

## III
## A opinião da crítica especializada

Não há dúvida que muito crítico de filme de vampiro tem medo de vampiro – por isto finge votar-lhe desprezo.(Esta *nonchalance* é expressa através de uma *boutade* de gosto duvidoso: "para criticar filme de vampiro só mesmo um vampiro.")

Outros críticos não vêem sequer finalidade na existência de filmes de vampiro – a não ser para exorcizar o cinema em que está sendo exibido. Retratando o vampiro de maneira inverídica e sensacionalista, os vampiros, irritados, se afastariam dos cinemas em que o filme de vampiro estivesse sendo exibido, ficando, destarte, perfeitamente exorcizada a área em pauta. Realmente – confirmando esta hipótese – até hoje não se verificou nenhum caso de vampirismo em cinema que estivesse exibindo filme de vampiro.

Uma teoria crítica muito interessante define o vampiro como um ser que não viveu plenamente a vida que lhe foi dada. Habitando o seu castelo entre brumas, mergulhado no seu laboratório subterrâneo ou isolado em sua torre de marfim, o vampiro teria sacrificado as coisas boas e banais da existência pela ambição intelectual ou pelo orgulho. Fáustico por excelência, o vampiro, depois de morto, se veria condenado a parasitar vidas alheias, vivendo por tabela a vida que não viveu, até que uma estaca de madeira ou uma bala de prata cortasse a maldição.

Essa teoria é confirmada pelo fato do vampiro ser interpretado constantemente por cerebrotônicos inveterados, por exemplo, John Carradine. E também pela existência do corcundinha, encarnação da matéria rude que completa o espírito, força bruta que serve à inteligência.

Da imagem do vampiro concebido como intelectual e *scholar* à compreensão de que o vampiro é o próprio crítico dos filmes de vampiro a distância é um passo. Passo, aliás, que acaba de ser dado pelo ator inglês Donald Wolfitt, que vem de estrear em *Leicester Square* um novo filme de vampiro chamado: O VAMPIRO ERA O CRÍTICO.

Seja como for, qualquer que seja a nossa teoria favorita, a realidade é que o filme de vampiro se torna cada dia mais popular. Hoje em dia só mesmo as indústrias de cinema subdesenvolvidas ou pobres não produzem filme de vampiro. O próprio cinema brasileiro parece querer sair do marasmo em que se encontrava quanto a este importante setor, mas isto só será possível quando forem superadas algumas das dificuldades que apontaremos a seguir.

## IV
## O filme de vampiro nacional (Dificuldades)

### 1 – AUSÊNCIA DE CLIMA FRIO

Como se sabe, o vampiro, feito a cereja, só dá bem em clima frio. Verdade que já temos em nosso país, regiões frias, como o sul, dando trigo e vinho de excelente qualidade. Contudo, falta ao sul (sem que isto implique em crítica, evidentemente) um certo clima de névoa e mistério, indispensável ao cultivo compensador do vampiro.

E se esta dificuldade não for resolvida, a indústria nacional ficará condenada à produção do vampiro gênero tropical ou vampiro voodoo, artisticamente inferior e muito menos cotado.

## 2 – O PLANO DE DESRESPEITO TRABALHISTA NA RELAÇÃO CORCUNDINHA – VAMPIRO

Nos filmes ingleses esta relação é ainda dos bons tempos, ou seja, feudal; de escravo para senhor, de vassalo para suserano. Ora, com a introdução das leis trabalhistas e a pregação democrática do eminente presidente Getúlio Dornelles Vargas, é pouco provável que o corcundinha se resignasse a manter com seu patrão, vampiro de filme brasileiro, uma hierarquia e distância. Passados poucos metros de película começaria a tomar confiança, a tratá-lo de você, para depois, numa fase ulterior, chegar atrasado ao trabalho e acabando por sugerir ao chefe que nos domingos, feriados, pontos facultativos, carnaval, etc, ele não iria mais recolher cadáver de quem quer que fosse.

Claro que os dois acabariam brigando – mas sem haver mortes. O corcundinha pediria as contas, receberia indenização e daria com o dinheiro entrada num apartamento de sala-quarto separados. Possivelmente proclamar-se-ia diplomado em vampiro, abrindo um curso noturno para os outros corcundinhas denominado: COMO SER CORCUNDINHA DE VAMPIRO.

As dificuldades acima, talvez se resolvessem nas mãos de um diretor de gênio. O obstáculo mais cabeludo, mais tenebroso, quiçá insuperável é:

## 3 – O SALÁRIO IRRISÓRIO PAGO AO INTELECTUAL EM NOSSO PAÍS

Não havendo castelos no Brasil e havendo muito pouca bruma, (exceto, talvez, em Teresópolis) o modelo do nosso vampiro teria que basear-se não no aristocrata mas no intelectual. Ora, o intelectual brasileiro não tem a menor chance de dedicar seu tempo integral à sua profissão, à pesquisa, ou à crítica, ou à criação artística. Na maioria dos casos tem que fazer traduções e empregar-se como copydesk nesta ou naquela organização jornalística a fim de complementar seu orçamento doméstico. Não pode, portanto, sacrificar suas demais potencialidades de vida no altar da ambição de estudo – morreria de fome e seria vítima em vez de vampiro.

Chega-se assim a uma conclusão bastante desanimadora: enquanto os poderes competentes não subvencionarem nossos pesquisadores ou artistas, para que estes possam deixar de viver suas demais potencialidades de vida, sacrificando-as pela paixão fáustica de saber, não haverá filmes de vampiro dignos deste nome em nosso país.

A não ser que se descubra na vida brasileira um outro modelo que possa servir de inspiração a um vampiro bem nosso. Este modelo teria que alimentar-se de vidas alheias, possuir um ou mais corcundinhas para servi-lo e sacrificar tudo na vida para ser eleito governador do Estado. A mocinha seria sua filha e o mocinho viria dos quadros da oposição, combatendo o vampiro acirradamente. Haveria ligeira modificação quanto ao desfecho: o mocinho, casando com a mocinha, ficaria inibido de cravar suas estacas de madeira no peito do sogro; aceitaria, portanto, trabalhar em uma de suas indústrias, bancos, jornais ou partidos; a mocinha daria muitos netos ao vampiro e o corcundinha, ao final de uma vitoriosa campanha eleitoral, teria o seu emprego assegurado no Ministério da Fazenda.

## V
## Como assistir a um filme de vampiro (Com uma revelação final sobre a mulher)

Estas considerações ficariam incompletas se não falássemos um pouco do ponto de vista da platéia.

Evidentemente, o filme de vampiro, como todo filme de horror, é uma espécie de purgação dos medos íntimos, dos terrores particulares de cada espectador. No écran, estes medos são ordenados, encontram forma e vida: os monstros, os mortos-vivos, os esqueletos e vampiros, agem, expressam-se e encontram um desfecho qualquer.

E nós, durante duas horas, convivemos com eles naquele estado de relativa segurança que nos garante o mundo da ficção.

Voltamos para casa um pouco mais tranqüilizados e dormimos mais sossegados (a não ser que o filme nos tenha impressionado demais – neste caso teremos pesadelos). Com tais princípios em mente é possível, agora, formular algumas das condições fundamentais que nos permitem fruir, em toda a sua plenitude, o rico potencial de prazer que oferece um filme de vampiro.

CONDIÇÕES FUNDAMENTAIS:

a – Ir em noite de chuva.

b – Ir num cinema distante, em bairro relativamente desconhecido.

c – Ao entrar no cinema fazer cara de quem está lá por acaso.

d – Escolher um dia aziago em que nada tenha dado certo.

Algumas destas condições são óbvias, como a da noite de chuva ou do dia aziago: ambas acrescidas do cinema do bairro distante – que teremos a maior dificuldade em achar – aumentarão o nosso mau-humor e criarão aquele estado maníaco persecutório no qual acreditamos estarem todos os demônios desencadeados contra nós.

Acharemos que somos uns idiotas, uns palhaços, saindo numa noite dessas para ir ver filme de vampiro (provavelmente chegaremos um pouco atrasados). E assim aproveitamos da oportunidade: o filme nos purga destes e de outros terrores ao mesmo tempo, fazendo render de fato o preço da entrada.

Podemos entrar e sentar no cinema com um ar meio gozador de quem dirá piadas o filme todo – mas logo que apagarem as luzes devemos entregar-nos de corpo e alma ao terror que emana da tela. (Sem dar nada a perceber ao amigo que está conosco.)

Na saída voltamos ao nosso ar de deboche – na expectativa do que nosso amigo opina a respeito do filme. (Ele também tentará decifrar o que nós achamos.) Talvez seja melhor aguardar que ele fale primeiro; mas se formos realmente corajosos e tivermos uma certa ascendência em nossa roda, não será demasiado arriscar este palpite:

– Até que não era tão idiota quanto a fita de vampiro que vi ontem.

A seguir desenvolveremos uma pequena conferência a respeito das qualidades artesanais e imagísticas da obra em pauta.

Em nove casos sobre dez o nosso interlocutor ficará muito grato: a justificativa cultural irá aliviar o sentimento de culpa que tem por ser viciado, como tantos outros seres humanos, em filme de vampiro.

CONDIÇÃO "SINE QUA NON" OU VERDADEIRA ADVERTÊNCIA:

Esta é absolutamente fundamental: "jamais levar conosco a namorada, a esposa, noiva ou bem-amada".

Mulher assistindo filme de vampiro é capaz de estragar o prazer mesmo do maior *aficionado*. Não é só por teimar em não querer visitar o tal bairro distante (negociando a concessão por cláusulas as mais pesadas) mas, também, pelo resto de seu comportamento no cinema.

Por exemplo: na hora de surgir o nevoeiro da Escócia reclamará que não está enxergando direito e vai querer sentar muito na frente. Depois perguntará se o coveiro é o mocinho; descobrirá que o corcundinha até é bonitinho, e se concentrará um tempão em detalhes do vestido da mocinha.

Nos instantes de maior mistério remexerá o pacotinho de balas de papel celofane e nas seqüências mais sanguinárias esconderá o rosto em nosso ombro.

Quanto ao filme, de modo geral, comentará à saída que a história é absurda porque termina com o castelo pegando fogo e castelo nunca pega fogo porque é de pedra.

– Puxa, você não entendeu nada da fita – responderemos nós, um tanto irritados.

– Não entendo é o que este filme tem tanto para entender. Entendi tudo.

Aí sai uma discussão que evidentemente não conduz a coisa nenhuma e que dura duas horas. Finalmente, só para demonstrar que ela não compreendeu mesmo, fazemos uma pergunta elementar:

– Tá bem; então me responda só isso: quem era o herói

verdadeiro do filme? O cara da capa ou o cara que deu o dinheiro ao coveiro?

Ela franze a testa, reflete um instante, olha a gente com um ar de candura e diz:

– Quer saber de uma coisa? Para mim herói é quem viu este filme sem pestanejar ou dormir nem por um segundinho.

E antes que recuperemos do impacto ela acrescenta seguríssima:

– Para mim o herói do filme é você.

A Mãe que Entrou em Órbita ou

**Como Casar com um Rapaz Solteiro**

foi editado em fevereiro de 2007.
Miolo impresso em papel offset 90g e capa em papel
cartão triplex 250g, na Zit Gráfica.